Thomas Niederreuther
Der Häuserlschleicher

Thomas Niederreuther

# Der Häuserlschleicher

Dreiunddreißig Liebesgeschichten
zwischen Isar, Donau, Lech und Inn –
und auch von anderen besseren Gegenden

Ehrenwirth

**CIP-Kurztitelaufnahme der Deutschen Bibliothek**

**Niederreuther, Thomas:**
Der Häuserlschleicher : 33 Liebesgeschichten zwischen Isar, Donau, Lech u. Inn u. auch von anderen besseren Gegenden / Thomas Niederreuther.
– München : Ehrenwirth, 1983.
ISBN 3-431-02610-9

ISBN 3-431-02610-9

Satz: SatzStudio Pfeifer Germering
Druck: Pera-Druck Gräfelfing
Printed in Germany 1983

## *Die Feuerwehrübung*

Wo es eine Feuerwehr gibt, gibt es auch eine Feuerwehrübung. Bei uns in Rauscholding gibt es gleich zwei Feuerwehren, die Freiwillige und den Forstadjunkten Balthasar Weidlinger. Die zwei Feuerwehren brauchen wir aber auch, weil es bei uns alle Augenblicke brennt. Bei der Kathi zum Beispiel, der Tochter des Bürgermeisters von Rauscholding, die nach dem Willen ihres Vaters den Vinzenz heiraten soll, weil er ein gar so ein netter Mensch ist.

»Dieses Rindviech«, sagt die Kathi von dem netten Menschen, »dieser Sparkassenhengst«, und haut mit der Faust derart auf den Tisch, daß die Fensterscheiben klirren.

Bei der Kathi brennt es also wieder einmal. Und da die Feuerwehr für die Kathi einzig und allein der Balthasar ist, der Sohn vom Oberförster Weidlinger, war der, und nicht der Vinzenz, auch schon da und hat die Kathi in seine am Waldesrand gelegene Werkstatt gerettet, auf ein großes Kanapee.

Diese Werkstatt liegt genau hinter dem Gasthaus *Zur Krummen Säg*, wo jährlich bei der Feuerwehrübung das Wildsauessen von der Freiwilligen Feuerwehr stattfindet unter dem Kommando des Bürgermeisters.

Zu diesem Wildsauessen kommen die Leut von Gamering, Schmirgelsbach, Zwirnshöring und anderen Ortschaften herüber und herunter und herauf – und die Feuerwehren natürlich auch.

»Heute Wildsauessen!« hieß es zwei Wochen nach Lichtmeß auf einer Schiefertafel am Zaun des Gasthauses *Zur Krummen Säg*. Und alle, alle kamen. Auch der

Oberförster Weidlinger und der Bürgermeister und der Feuerwehrkommandant von Rauscholding. Die zwei saßen beim Tarocken und dischkrierten über dies und jenes, über die Zeiten und vor allem über die Unvernunft der Jugend, die absolut keine Vernunft annehmen will. Und dies traf einmal mehr auf die Kathi zu, und das andermal mehr auf den Balthasar.
Der Bürgermeister von Rauscholding hatte ja nichts gegen den Balthasar – im Gegenteil! Aber Geld hatte der halt keines, während der andere, der Vinzenz, von Amerika was geerbt hatte, von seiner Mutter, der Leni, die einmal aus zwingenden Gründen ausgewandert war.
»Dös muaßt do eigentlich einsehn«, sagte der Bürgermeister zu seinem Freund, dem Oberförster. Und der Oberförster sah das auch ein. Nicht aber der Balthasar.
»Hm«, sagte der Oberförster nach einem bedächtigen Räuspern zu seinem Freund, dem Bürgermeister von Rauscholding. »Kannst du dich noch erinnern, wie seinerzeit die Leni im fünften Monat den Schladerer Michel g'heirat hat... in Amerika drüben...«
»Mhm«, machte der Bürgermeister.
»Der Vatta aber warst du!«
»Oder du«, sagte unbeeindruckt der andere.
Der Oberförster mischte die Karten und knallte das Herz-As auf den Tisch. »Herz is Trumpf!«
»De Dollar a!« antwortete der Bürgermeister.
»Feurio!« gellte es plötzlich in die Gaststube herein. Es brannte auch wirklich, und zwar in der Werkstatt des Forstadjunkten. Der Widerschein der Flammen schlug durch die Küche bis in das Gastzimmer der *Krummen Säg* durch.
»Löschzug! Einen vollen Strahl in die Küche!« kommandierte der Bürgermeister.

Das zischte und prasselte vielleicht...
Die Weiberleut aus der Küch aber hätten Sie sehen sollen! Mit Besen und Putzlappen stürmten sie gegen die Männer an. Und schon hat ein zweiter Löschstrahl die damischen Luder zammduscht.
»Um Godswillen, um Godswillen«, hamm's plärrt. »Spinnt's ihr denn!« Keine Rede aber von Spinnen. Ein ganz gewöhnlicher Irrtum, denn es brannte hinter der Küche in der kleinen Werkstätte am Waldesrand, in der der Balthasar seine Fuchseisen hatte und seinen breiten Diwan. Geprasselt hat es aber nur aso, und zischt hat's, und die riesigen Heuhaufen, die der Balthasar extra hergerichtet hat, hamm a so schön brennt. Das Vieh hamm's scho aus dem Stall nauslassen, und der Bello und die andern Hund auf zwei Kilometer hamm aso bellt, als ob's wirklich brennat.
Und da in dem Wirbel hat der Balthasar, der Forstadjunkt, seine Kathi in reinem Naturzustand und ned amal zuadeckt aus den Flammen gerettet und mitten durch die Leut ins Gastzimmer von der *Krummen Säg* neitragen, wofür die Kathi nach den Regeln der Freiwilligen Feuerwehr ihrem Balthasar ewig dankbar zu sein hatte.
Leise sind die Heuhaufen überall umeinander niedergebrannt, und dann haben sich die Sternlein am Himmel erhoben.
A sovui schee scho!
Und bei der Hochzeit von der Kathi und dem Balthasar hat die Feuerwehrkapelle gespielt, und die Hunde ham gebollen.

## *Die Tantalusqualen der Lore Leu*

Die Lore Leu hatte einen Herzallerliebsten, den Tantalus, um den sie Tantalusqualen litt. Einmal wollte sie nicht, einmal er nicht... besonders lieb sein.
Schüchternheit war das eigentlich nicht. Tantalus, der sich dem Studium der Theologie zu widmen anschickte, vermutete nämlich, daß man mit Mädchen zart und zurückhaltend umzugehen habe und nicht wie Blücher an der Katzbach...
Dies konnte auf die Dauer nicht gutgehen, so daß sich Tantalus eines Tages von einem Bergesgipfel mit wildem Weh in die Tiefe stürzte.
Worauf die Lore Lehrerin wurde und über das Lied »Ach, er hat mich ja nur auf die Schulter geküßt« ihre Doktorarbeit machte.

## *Der Karwendelschuorschi und die Lilly Loandizuawa*

Unter Bergsteigern hieß die Lilly Brunnhuber nur das Simsala oder das Simsalabumm. Für den Karwendelschuorschi aber war sie das Gschmacherl, weil sie eben gar so sanft war, besonders an den späten Nachmittagen, wenn die Dämmerung herniedersinkt.

Aber auch wenn es regnete, hagelte oder schnieb, blieb sie sanft.

»So«, sagte der Schuorschi zu ihr, als sie sich nach einem fünfstündigen Aufstieg zum Hexenkogel zur ersten Rast niederließen. »So, jetzt loan di zuawa.«

Bei der Gusti hat er es genauso gemacht, dachte die Lilly und lächelte mit einem Liebreiz, dem der Schuorschi gerade noch, wenn auch mit äußerster Anstrengung, widerstehen konnte.

»Dann pack ma's halt wieder«, bemerkte die Lilly nach einer Weile. »Sonst wird's zu spät auf den Gipfel. Und vielleicht kenna ma den hinteren Hexenkogel a no pakka!«

»Aber warum denn, bei dem schönen Wetter!«

»Mit der Gusti bist du ja auch hinauf!«

Langsam ging dem Schuorschi ein Licht auf.

»Bin i froh, daß ma scho verlobt san«, sagte er und warf seinen schweren Rucksack in die Latschen. Dann breitete er den Lodenmantel aus und bettete die Lilly ungeheuer vorsichtig darauf, zuerst den einen Arm und das eine Haxerl und dann den anderen Arm und dös andere Haxerl, das eine Handerl und dann das andere. Und dann streichelte er das Köpferl von der Lilly und dann den Hals.

Und aufs Kleiderl hat er a obachtgeben, damit es nicht zerknittert. Und an Büstenhalter hat's überhaupt koan og'habt, de Lilly... ja mei, o mei, o mei... »Ja, mi hast g'haut«, hat sich der Schuorschi denkt, »diese Pracht!« Und dann hat er die Lilly glei no amal abbusselt, von oben nach unten und von unten nach oben, Simsalasimm!

Und dann wollt er auch gleich noch biwakieren mit der Lilly... an so am schön Platzerl!

»Na, na«, hat de Lilly g'sagt, »wo kämen mir denn da hin!« Außerdem war das Biwakieren ja gerade der Fehler der Gusti gewesen.

## *Das Gespensterpanorama*

Was ein Panorama ist, weiß jedermann. Gewöhnlich ist ein Panorama buttergleich, die Zugspitze zum Beispiel mit dem Großen und dem Kleinen Waxenstein davor. Oft handelt es sich aber auch nur um den Anblick von gleißnerischen Felszacken, hinter denen sich ein Gemsenjäger verbirgt, oder um eine schief und krumm gewachsene Wettertanne, aus deren gespaltener Krone ein Kräuterweiberl herunterkrächzt. »Mannder paßt's auf, paßt's auf... paßt's auf!«
Und diese Warnung muß ja einen Grund haben. Sie hat auch einen, weil sich bei uns eben, in der Leutasch hinten, Gespenster herumtreiben, Weibsteufeln, die auf die junga Mannder warten und sie glei überhaupt nimmer auslassen, bis as in der Höll drunten hamm.
Am schlimmsten geht's am dritten Sonntag nach Ostern zu, da hamm die Gespenster Generalversammlung und machen es aus, wie sie im Sommer während der Hauptsaison die Bauern ärgern, die Senner, die Fremden oder den oan oder andern Pfarrer, wenn eahm d'Köchin davon is oder wenn er gar aso gegen den Heiligen Geist auf der Venus oder sonst einem Unstern predigt. Dabei müassen's do froh sei, daß überhaupts a Venus gibt und ned bloß den Heiligen Geist alloa.
Gottseidank aber gibt es bei uns in der Leutasch hinten no richtige Gespenster, ganz unheimliche, echt heidnische, de wo jodeln, wenn a G'witter kummt, schuahplatteln und Handständ macha und ned in ara Kirch umananderkniagln, in an finstern Eck, wege eahnerne drei oder vier Sünden am Tag!
Der Brutzler Toni gehört zu dene Gespenster, der

Krummlechner Hans, der Schmankerl Ferdi, der Schnurl Maximilian und der Gachel Fritz, die wo's alle miteinander aus der Schnitzerschui nausg'schmissen hamm, wegen ihrem Lebenswandel...

Auf oamal warn's verschwunden g'wesen, pfei'grad nimmer da. »Furt in alle Ewigkeit, Amen«, hamm die alten Weiber g'sagt.

Da aber hat es eines Tages aus einem finsteren Loch hinter der Bergstation aussag'orgelt, hat's pfiffa und g'schnalzt, wia de Brandung des Meeres bei Helgoland. Dann ist der Himmel dunkel-blauviolett og'laffa, is brandig und schwarz worn mit gelben Wolkenfetzen drüber, schwefelgelben. Und mittendrin, quer über den ganzen Himmel nüber, ist der Teifi auf an Goaßbock g'ritten. Und Hörndln hat er aufg'habt wiara Hirschg'weih.

Und dann hat's no blitzt und donnert, und schon san de fünf Gespenster wia Bären über den Himmi tappt hinter dem Teifi drein, riesige Viecher mit schweren Schaufeln im Rucksack und schwarze Kreuze, kohlrabenschwarze, die wie Buchstaben aussag'standen sann aus der finsteren Wolkenwand.

Und »Auf geht's!« hat der Teifi gschrian. »Nunter in d'Höll mit enk!« Und schon hat a wieder der Donner dreig'haut und san de Blitz umeinanderzischt.

Mei, war das eine Aufregung... Ganz weg waren die Leut... alle Fenster hamm's aufg'rissen, de Vorhäng von de Menscherkammern.

Ganz aus dem Häusel aber waren die jungen Weiberleut, die Lilly, die Beatrix, die Ursula, die Niki und wias alle g'hoassen hamm, die grad von der Klosterschui aussakemma san und nur an den lieben Gott glaubt hamm und an Winnetou.

Und de Buam, de der Teifi in kohlrabischwarze Grizzlibären verwandelt hat, de hamm de Madln g'spürt und hamm's Schnuppern og'fanga und's Röhren, so daß scho glei der Luzifer selber Mitleid kriagt hätt mit dene Buam. »Obi mecht ma!« hamm's g'schrian und plärrt, daß se de Fichten und de Tannen nur aso bogen hamm vor lauter Derbarmen.
Der Niki, der Ursula und der Beatrix, dene hat's glei an Riß geben und der Lilly und dem Fannerl. Jetzt hamm's as a auf oamal g'wußt, warum de Fünfe nimmer zur Kapelln komma san auf der Buckelwiesen, zur »Maria Hilf«.
»O mei, o mei«, sagte die Niki zur Beatrix und die Urschi zum Fannerl. »Was machma denn da?«
Und schon schnalzte, zischte und rauschte wieder ein hoher Blitz vom Himmel herab, brandelte vom Goaßerlschlitz zur Zugspitz nüber. Und dann krachte in fürchterlichem Widerhall der Donner durch das Tal, so daß es sogar dem Höllenfürsten nicht ganz geheuer war. Hamm doch a die Hirsch das Röhren aufg'hört und die Schafböck das Blasen. Bloß no de Klapperschlangen hamm weiterklappert.
Und da hat der Brutzler Toni, der oane vo den Grizzlibären, sein g'weihten Regenschirm aus'm Rucksack rauszogen und hat seine Freund an der Hand gnumma. Und wia der Teifi dann recht saudumm g'schaut hat, hamm's no »Heiliger Antonius, bitt für uns« in das Sauwedder neig'schrian. Und da hat der Teifi dann a nix mehr macha kenna. Und so sann de Buam unter ihrem g'weihten Regenschirm auf a sanfte Wiesen voll lauter Schneeglöckerl obig'schwebt.
Trotz ihres unguten Lebenswandels san's also von der Heiligen Maria do no gerettet worden.

Und sogar in die Holzschnitzaschui hat ma's wieder aufg'nomma.
Dera Heiligen Maria hamm de Buam dann an richtigen Heiligen Josef g'schnitzt, a zwoa Meter langs Mannsbuid, mit enzianblaue Augen, damit a was g'habt hat in ihrer Kapelln in dene Buckelwiesen.
»Geht's bloß ned ins Kloster«, hat die Heilige Maria zu dene fünf Madeln g'sagt. »Wo ihr a so nette Buam habt's.«
Dös wär aber a koana eig'falln.

## *Die Polyanterröserln*

Polyanterröserln sind Röserln, bei denen die eine ausschaut wie die andere, so daß es auch ganz wurscht ist, mit wem sie spazieren gehen... Das behauptet wenigstens der Achleitner Simmerl, dessen Adlerauge jede Haustür für einen Vorhang hält und jedes Kleiderl für a Haustür.

Und das bei uns in Oberamtsstetten, wo man – wie unsere Nachbarn, de Lemmeratshofner, behaupten – keine Loatern mehr hamm zu de Menscherkammern, sondern Paternosteraufzüg.

Dös sagen's aber bloß wegen unserem Französischen Mädchenpensionat, vo de Englischen Fräulein, weil's selber nur Giftnelken dahoam hamm, Windröserln, die auszogen ausschaun wia Zahnstocher – hint' nix und vorn nix –, während mir immer schon das Mollerte bewundert hamm.

Wenn's nur zwoa Wörterln sagen, unsere Polyanterröserln, oder a nur oans: »Cheri« wenn's sagen, dann geht einem das Herz auf, und dann braucht ma bloß no »Schnuckerl« zu eahna sagen, und schon schmelzen's dahin wiara Bankkonto vor an Schuidschein.

»Parlez moi d'amour« singan's an ganzen Tag. Und wenn oana moant, daß dös ein Fluß in Rußland ist, der Amur, dann hat er sich täuscht.

Der Achleitner Simmerl, der Stromableser von de Amperwerke, an der mittleren Isar, der mit der Leni Vorderholzer geht, den hamm's as erklärt, was dös für ein Fluß is. Der hat dös aber scho längst g'wußt g'habt. »A Busserlautomat«, hat er g'sagt. Sei Busserlautomat in dem Mädchenpensionat war die Marie Luise. Wenn er da zum Stromablesen kumma is, im Keller drunten, da is er oft gar nimmer zum Ablesen kumma, vor lauter Busserln.

Der Leni aber hat das gar nicht gepaßt, und da hat sie ein paar Wörterl mit der Marie Luise geredet, unter vier Augen, wobei sich herausstellte, daß die Marie Luise ein ganz vernünftiges Frauenzimmer war und durchaus nichts gegen die Bekämpfung der Unvernunft einzuwenden hatte.

Und so schmiedete die Marie Luise mit der Leni Vorderholzer ein Komplott. So daß dem Simmerl, als er das nächstemal turnusgemäß bei seiner Braut, der Leni, vorbeikam und ihrem Kaiserschmarrn alle Ehre antat und sich – wie so oft – noch schnell für eine halbe Stunde empfahl, ein merkwürdiges »Viel Vergnügen!« nachhallte.

Marie Luise erwartete denn auch den unerschrockenen jungen Mann im Dämmerschein des beginnenden Abends zu dem verabredeten Plauderstündchen im stillen Wirtschaftsgarten des Mädchenpensionats.

Ganz kühl und aufrecht saß sie da, auf der langen, in hoffnungsvollem Grün gestrichenen Bank.

»Nix parlez moi d'amour« scherzte der Simmerl und rückte näher an sie heran.

»Du hustest ja«, sagte die Marie Luise, »du gehörst ins Bett.«

Das meinte der Simmerl auch und zog das schmucke Mädchen auf seine Knie. Dabei erlaubte er sich allerlei Freiheiten, bis sich dann die Marie Luise verabredungsgemäß, mit einem tiefen Seufzer, zu einem leisen Hilferuf entschloß.

Daraufhin taten sich alle Fenster in den Schlafräumen der Mädchen auf. Ein Lachen und Brausen, Zwitschern

und Singen erfüllte den Wirtschaftsgarten. Schon zischten die ersten Raketen in den Himmel, sanken breitgefächert goldene Sterne herab, loderten Heuhaufen auf, richteten sich Scheinwerfer auf das Paar.
»Da legst di nieder!« schimpfte der Simmerl und ergriff die Flucht.
Er rannte die Dorfstraße hinunter und pumperte mit zwei Fäusten an Lenis Haustür.
»Was ist denn los?« fragte sie scheinheilig. »Was pressiert dir's denn gar aso?«
»A so a Gemeinheit!« wütete der Simmerl. Als sich aber die Leni gar nicht so besonders aufgebracht zeigte, ging ihm ein Licht auf.
»Vorsicht«, sagte er sich und schwieg plötzlich.
»Was hast denn?« fragte die Leni. »Die Marie Luise ist doch ganz nett, sauber g'wachsen, a bisserl mollert... und g'scheit is no dazu.«
»I hab mi mit ihr verlobt«, schoß es dem Simmerl, verhältnismäßig stupid, in den Kopf.
»Dann gratulier ich halt«, meinte die Leni, »und i heirat den Sepp«, fuhr sie beiläufig fort.
»Waaas?« schrie's aus dem Simmerl heraus.
»Ja, warum denn ned? Dös wollt i dir schon lang sagen, aber man siecht dich ja so selten.«
»Da hört sich doch alles auf!« brüllte der Simmerl.
Er rang nach Luft.
»Den Sepp bring i um!« schrie er.
»Das tat dir so passen«, sagte der Sepp, der gerade zur Tür hereinkam.
Der Simmerl wurde hochrot im Gesicht. Er trat die Tür zu Lenis Schlafzimmer ein, riß das Fenster auf und feuerte Schüsseln und Kannen, das ganze Waschzeug, zum Fenster hinaus, in die laue Frühlingsluft.

»Spinnst du?« sagte der Sepp zu seinem Freund, dem Simmerl.
»Wieso?«
»Wia du di aufführst… direkt wiara Wuida!«
»Ja sag amal!« schrie der Simmerl den Sepp an. »Du wuist also die Leni heiraten?« Und während er dies sagte, stemmte er seine Arme in die Hüfte.
Die Leni gab dem Sepp einen kleinen Tupfer auf die Schulter… Und aufs Hirn g'fallen war er ja nicht, der Sepp.
»Schließlich wird man do no aushelfen dürfen«, meinte er und wünschte einen guten, fröhlichen Abend.
Drei Monate später, bei der Hochzeit, wo die Leni dann schon im dritten Monat war, sagte der Simmerl: »Warum hamma denn mit dem Heiraten eigentlich solang g'wart?«
»Weil die Raketen zu dem Feuerwerk nicht früher kumma san«, antwortete die Leni.

## *Das Hochzeitsgeschenk*

Kaspar Balthasar Brandlmeier war 25 Jahre alt und hatte einen knallroten struppigen Bart. Dementsprechend führte er sich auch auf, so daß ihn die weibliche Jugend bei uns in Limperatshofen nur das »rote Kreuz« nannte.
Vor allem die Berta, die Braut vom Hallinger Friedl, einem Schulfreund vom Kaspar, hatte darunter zu leiden.
Eines Tages bei einem Kirchweihtanz, als der rote Kaspar wieder einmal allzu zudringlich wurde, haute sie ihm eine herunter.
Ihr Bräutigam lachte aber nur über die Übergriffe seines Freundes.
»O mei, a so a sauberes Madl wia du! Da muaß ja oaner den Verstand verlieren. Dös sixt doch an mir. Komm, gib mir a Busserl!«
Na ja, ein Busserl beschwichtigt immer.
Als der Friedl und die Berta dann heirateten, brannte in der ersten Nacht dem jungen Ehepaar der Hof ab. Der Hof aber war gut versichert, so daß sie weiter keinen Schaden hatten, im Gegenteil – der Neubau wurde zu einem Prachtstück der Gegend.
Und bei der Verhandlung dann auf dem Amtsgericht, wegen Brandstiftung, sagte der rote Kaspar zum Richter: »I hab ja mei'm Freund nur a Hochzeitsgeschenk macha woin.«

## *Trimmharting*

Eigentlich heißt die Ortschaft Biblingen. Aber man hat sie umgetauft in Trimmharting, weil sie eines Tages oder auch ganz allmählich zum Kurort geworden ist, wegen einer heißen Quelle, oder zwei oder drei, und einem Skilift.

Viele Leute halten Trimmharting tatsächlich für einen Kurort, der Pfarrer allerdings eher für eine Stätte der Unzucht.

Dabei gibt es unter den Einheimischen gar keine Unzucht, sondern nur das Gebot der Vernunft: Wer paßt zu wem.

Was sollte etwa der Kronenwirt ohne seine Köchin Kathi anfangen, die Seele im Geschäft, und diese wieder ohne den Franz Pramseneder, der dem Kronenwirt das Kurhotel *Greif* im halb Defregger-, halb Piranesi-Stil hingestellt hatte.

Dieser junge Architekt Franz Pramseneder trug einen Schnurrbart, von dem nicht nur die Kathi behauptete, daß er enorm kitzle.

Ganz gewiß fand dies Anna Melinda, die Tochter des Bürgermeisters – die sehr viel für Architektur übrig hatte – auch.

Selbst der alte Pfarrer von Biblingen beziehungsweise Trimmharting, Bernhard Obergschwendner, war, was den Aufstieg Biblingens, beziehungsweise Trimmhartings, zu einem Kurort anbelangte, im Laufe der Zeit wesentlich einsichtiger geworden. Rechnete er doch mit ein paar zusätzlichen Hochzeiten übers Jahr und den entsprechenden Kindstaufen.

Und selbstverständlich erweckten die romantischen

Spazierwege, wie sie selbst der junge aufstrebende Architekt immer wieder zu unternehmen gezwungen war, bei den davon Betroffenen gewisse Erwartungen, weshalb sich freilich auch in das Verhältnis des Kronenwirts zu seiner Köchin Kathi ein mürrisch verdrossener Zug einschlich. Vom Dischkriern auf d'Nacht, nach Feierabend, konnte schon beinahe keine Rede mehr sein, weil der Kathi eben immer der Franzl im Kopf umging.
Trotzdem und obwohl – wie die ganze Nachbarschaft wußte – die Anna Melinda, die Tochter des Bürgermeisters, weder kochen noch sonst was konnte, verlobte sich der junge Architekt Franz Pramseneder eines Tages mit ihr.
Und weil in Kurorten, wie überall auf dem flachen Land, jede Verlobung Umgruppierungen nach sich zieht, Störungen in den konzentrischen Kreisen der bisherigen Beziehungen, konnte es nicht ausbleiben, daß eben dieses oder jenes in Bewegung geriet, sich diese oder jene Beziehung lockerte oder verstärkte, eben im Zuge der Neuorientierung landesüblicher Vernünftigkeit (die Kirche beim Dorf zu lassen).
Was bei der Kathi üblicherweise wieder eine stärkere Zuwendung zum Kronenwirt bedeutet hätte, beziehungsweise bedeutet haben könnte, wenn nicht der Toni Hahnenkämperer, ein Zug'reister, mehr oder minder gezielt durchblicken ließ, daß er am Skilift ein Sportrestaurant aufzumachen erwäge.
Nun hatte die Kathi aber auch noch einen 15jährigen Sohn namens Hans.
Dieser Hans aber war wahrscheinlich wenigstens der Sohn eines jüngeren Bruders des Kronenwirts. Und die Kathi sagte sich: »Mein Gott, den Kronenwirt kann i immer no heiraten..., und wem will er schließlich sei Sach'

vererben, wenn nicht dem Hansi, dem Buam von sei'm Bruder...« So denkt man nun einmal auf dem Lande, oder jedenfalls bei uns.

Soll es ihn nur ein bisserl herumtreiben, den Kronenwirt, dachte die Kathi. Und, so appetitlich wie sie war, nicht zu mager, nicht zu fett, und bei ihrer Kochkunst konnte sie sich ein bißchen Strategie schon leisten.

Außerdem ging ihr der Pramseneder Franz auch noch im Kopf herum.

Und der Pramseneder Franzl hatte der Kathi das Heiraten eigentlich auch schon versprochen gehabt. Aber da war die Anna Melinda dahergekommen und hatte ihm ins Ohr geflüstert, daß sie guter Hoffnung sei (ein merkwürdiger Ausdruck übrigens).

»Teifi, Teifi«, sagte sich der immerhin noch junge, begabte Mann, wenn er an die arme Kathi dachte, die ihm doch wirklich geholfen hatte, all die Zeit, während er noch am Plänemachen war und an akutem Bargeldmangel litt.

»Sie wird sich schon nichts antun«, hoffte er.

Und so lief er immer wieder einmal zum Kronenwirt und beschwor ihn, doch die Kathi zu heiraten. »Ein Kind von deinem Bruder« (der war im Krieg gefallen) »hat sie ja schon. Sei g'scheit... bevor sie gar noch den Skihanswurschtn, den Hanekämperer, nimmt... vastehst!«

Und ob der Kronenwirt das verstand! Das war es ja gerade, was ihn bedrückte.

»Du mußt eine Annonce aufgeben«, riet der aufgeweckte junge Architekt: »Hotelbesitzer (neues, renommiertes Haus), sucht einschlägige Gattin, eine, die etwas von der Küche versteht und mit dem Personal umgehen kann. Vastehst! Und das andere laßt' mich machen«, sagte der junge, aufstrebende Architekt, der Erbauer des weitum hochangesehenen und wegen seiner vorzüglichen Küche hochgeschätzten Kurhotels.

Nun, die Anzeige im Tagblatt tat ihre Wirkung, so daß sich die Kathi an den Kronenwirt wandte: »Du wuist mir also kündigen?«

»Na, heiraten wui i. So a Hotel muaß do a regiert werden. Und i ko dir ned immer nachlaufen, obst wuist oder ned wuist. Schließlich bin i koa kloana Bua mehr. Und an Buam hättst a, der das Graffel einmal erben kundt... du saudumms Luader!«

Nach dieser Ansprache zündete sich der Kronenwirt umständlich eine dicke Zigarre an und paffte wie ein Elefant vor sich hin.

»Ja, ja«, sagte die Kathi schließlich. »Was bleibt mir da schon anders übrig!«

## *Das Marianderl und der Wildverbiß*

Wie schon der Name sagt, handelt es sich bei unserer Gemeindesekretärin, Marianderl, um ein braves Mädchen, das immer tut, was man von ihm will, zum Beispiel Akten verschwinden lassen.
Dem Leiterberger Hans, unserem Wildverbißvermesser, mit seinem hinreißenden Wesen, seiner markanten Adlernase, schmalen, harten Fingern und selbstverständlich einer sehnigen Gestalt, war es ohne weiteres gelungen, die Gunst des liebenswerten Mädchens zu erringen. Und sonst ist auch nicht viel los in unserer Gegend, außer eben, daß sich die Bauern unentwegt über den Wildverbiß beschweren. Er geht weit über das übliche Maß hinaus, obwohl der Leiterberger Hans durch eigenhändigen Abschuß des überständigen Wildes auf seine Art dazu beiträgt, den Mißstand nicht überborden zu lassen, beziehungsweise die Gemüter der Landwirte durch reichlich bestätigte Abbißschäden zu besänftigen.
Mit den städtischen Jagdpächtern stellten sich aber doch immer wieder einmal gewisse Klagen und sogar Anzeigen wegen des Überhandnehmens des Wildererunwesens ein, obwohl die Gemeinde ohne weiteres statistisch nachweisen konnte, daß mehr als die Hälfte ihrer Jagdpachteinnahmen (des Bezirksamtes von Damaratsried) an die Bauern für Wildschäden aufgewendet werden müssen.
Es häuften sich also die Anzeigen der Jagdpächter, aber es weiß kaum jemand in unserer Gegend, daß diese Anzeigen im Ein- und Ausgang unserer Gemeindekanzlei von dem eingangs erwähnten Marianderl gebucht, abgelegt oder eventuell an das Bezirksgericht von Mulcherts-

hofen weitergeleitet werden mußten, beziehungsweise daß das Marianderl sie den entsprechenden Sachbearbeitern vorlegte – oder auch nicht.
Die Akte des Leiterberger Hansis bearbeitete sie sogar mit besonderer Sorgfalt, damit da ja nichts passierte. Meistens verbrannte sie die Anzeigen auch gleich nach ihrem Eingang.
Er ist aber auch ein so netter Mensch und wird sie – wie das Marianderl annimmt – bestimmt einmal heiraten. Jedenfalls läßt er es an Bekundungen seiner Hinneigung zu ihr nicht fehlen, vergilt er ihr ihre aufopfernde Tätigkeit durch – wenigstens seiner Meinung nach – außerordentliche Leistungen auf anderem Gebiet.
Vielleicht aber doch nicht reichlich genug, weil sie ihm, ihrem geliebten, aber doch unverbesserlichen Hansi, eines Tages kundtat: »Entweder wird jetzt geheiratet – oder ich laß mich versetzen!«
Der Hansi überlegte keine Sekunde, was in diesem Falle das Gescheitere sei, und bestellte umgehend das Aufgebot. Wobei er freilich auch noch einen Augenblick überlegt hatte, inwieweit sich Strychnin vorteilhaft von anderen Beruhigungsmitteln unterschied.
Darüber denkt er noch heute immer wieder einmal nach, obwohl er schon über 20 Jahre verheiratet ist.

## *Die polnische Teilung*

Der Mischa und der Moscha Pruzkruz waren Brüder, Zwillinge. Nicht einmal ihr Vater konnte sie auseinanderhalten und von den Onkeln und Tanten schon gleich gar niemand, nur ihre Mama, die Wirtin des *Losen Stachel* in Ardostrowitsch bei Tarantopol, tief im Polnischen hinten, wo die Vorüberreisenden mit selbstvergorenem Wodka bewirtet werden, die kannte sie auseinander, diese zwei strammen Burschen.

Mischa und Moscha langweilten sich zu Hause in dem Landgasthof, wo es nur Fuhrknechte gab, betrunkene Bauern und einen mäusefangenden Vater.

Später dann, als Kaufmannsgehilfen, lernten sie Sauerkraut, Gurkenschnitzel, Meerrettichstangen und auch Vogelbeerschnaps kennen. Und noch später destillierten sie dieselben selber.

Sie stellten Schnäpse mit besonderem Aroma her, sogenannte Edel- oder Meisterbrände mit Weingeist und Meerretticharoma.

Für die Destillation von Vogelbeerschnaps stellten sie Vogelbeerenpflückerinnen an, sympathische, liebenswerte Mädchen.

Immer mehr Vogelbeerenpflückerinnen stellten die Brüder an... die staubigen, wie ihre Konkurrenten sagten.

Es gibt überall gute und schlechte Pflückerinnen.

Fest steht, daß es in der Landschaft von Pryzemisl und Schadomir die allerbesten Pflückerinnen gab und im Laufe von zehn Jahren eine Unzahl von Nachkommen aus ihrem Schoß.

Sie hießen Annaneska, Plotuzinkerl, Petroschanschkerl, Zamsiwonderl oder auch ganz einfach die Zriserln, was soviel heißt wie Vogelbeerschnapsabkömmlinge. Es handelte sich um eine im ganzen Land sich verbreitende Sippe, die streng zusammenhielt und auch milde Gaben verteilte, zum Beispiel an Hanibal Saberl, den prächtigen Polizeikommissar gegen das Schmuggelunwesen, einen liebenswerten Mann, der wegen seiner Traurigkeit über die Schlechtigkeiten der Welt des Vogelbeerschnapses dringend bedurfte.

Deswegen drückte er oft nicht nur zwei, sondern auch gleich drei oder vier Augen zu, anstatt einen braven Gewerbetreibenden ins Gefängnis werfen zu lassen. Und nur so kann eine gewisse Kultur in einem Lande entstehen, in England zum Beispiel, wo sich die Brüder gewerblich ebenfalls niedergelassen hatten.

Nun vermag man Branntwein nicht nur aus Maische herzustellen, sondern auch aus reinem Themsewasser und einem Etikett.

Dieses Versehen wurde den Zwillingen eines Tages zum Verhängnis, oder sagen wir, es schlug wider Erwarten zu ihrem Nachteil aus. Sie wurden zu einer Freiheitsstrafe verurteilt.

Da aber rückten die Nachfahren der ehemaligen Pflükkerinnen, in denen der Geist ihrer Väter und Vorväter ungeschmälert weiterlebte, in England ein, im Namen der Freiheit, Gleichheit und Brüderlichkeit. Sie konnten ohne weiteres beweisen, daß der von ihren Vätern aus Themsewasser erzeugte Branntwein überhaupt gar kein Branntwein war, sondern lediglich eine Verwechslung der Abfülltechnik...

Und so wird eben immer alles gut im Leben, wenn man sich der Innung, der man angehört, richtig zu bedienen weiß.

Zammhalten muaß ma!

## *Der Hannelore Maieranger ihr Korbinian von Leogang*

Das sieht man schon am Titel, was mit der Geschicht los ist. Man kann sich natürlich auch täuschen, aber arg auch wieder nicht.

Fest steht, daß die Hannelore Maieranger eine der schönsten Jungfrauen ist, die wo es weit und breit gibt. Wenn's in Simmering zum Beispiel g'heißen hat, daß die Hannelore Maieranger von der Öd (dem Einzelhof) in der Prozession mitgeht, dann sind die männlichen Dorfbewohner aus 25 Gemeinden zusammengeströmt und haben das Maul aufgerissen über die Schönheit der Hannelore. Ob Sie es glauben oder nicht!

Allein der Hals von der Hannelore, der war so wunderbar, so schneeweiß, so faltenlos. Und die Schönheit ihrer Schulterlinie könnten nur Kunstmaler der Nachwelt überliefern. Dazu eine leichtgebogene Nase – dinarisch wias im Buch steht. Und die Augen so blau, und die Haare so flachsern, daß man aus dem Schaugn gar nicht mehr herausgekommen ist... wenigstens i ned.

Diese Lackeln aber von Simmering oder Papelsham hamm sich eibuidt, sie brauchaten bloß kemma und schon g'hörat de Hannelore eahna. »Fort mit ihr in den schönen Wald hinein«, hammsase denkt. Aber sie hamm nicht mit unserem Korbinian von Leogang gerechnet, dem Veterinär von Beiratshofen, der ja Gottseidank nicht auf das Hirn gefallen ist.

Er hat ein schönes Häuserl g'habt am Waldesrand mit einem botanischen Garten davor. Und da hat er die Hannelore hineingesetzt als seltene Pflanze. Außerdem hat er sie zu jeder Wallfahrt hinbegleit' und a glei wieder mit

hoamg'nommen. Und damit's auf keine schiefen Gedanken kimmt, hat er ihr auf a jedes Roserl im Garten einen lateinischen Namen hinaufgeschrieben, und den hat's auswendig g'lernt zur Unterhaltung, wenn er ned daheim war.
Er war aber immer daheim.

## *Die Kirtanudelwally*

»Kirchweihnudel-Walburga« heißt Kirtanudelwally auf Hochdeutsch. Der Name bezieht sich auf eine ältere, wohlbeleibte Person, eine Einwohnerin des Marktfleckens Hinterbrodelsbach, die in der ganzen Umgebung ein Schmalzgebäck, das man als »ausgezogene Nudel« oder »Auszogene« bezeichnet, vertreibt.
Ausgezogene Nudeln werden mit der Hand ausgezogen und dann in siedendem Schmalz herausgebacken, in reinem Butterschmalz.
Die Kirtanudelwally benutzte dazu eine echte kupferne Wanne oder einen entsprechenden Hafen, wie sie von ihrem verstorbenen Herzallerliebsten, dem Ehrenfried Dorfwallner, hergestellt worden waren, Prachtstücke sondersgleichen.
Auch ihr Bräutigam, der Ehrenfried Dorfwallner, war ein Prachtstück gewesen, ein Kupferschmied von altem Schrot und Korn. Den Mann muß man gesehen haben, mit seinem Lederschurz und den aufgekrempelten Hemdsärmeln und einem Handgelenk wie Eisen.
Wenn der Ehrenfried nur zu dengeln angefangen hat, mit seinen Punzen das Kupfer geschlagen und getrieben hat, haben die Fensterscheiben im Dorf nur so gescheppert und gewackelt.
Nur hat er eben einen furchtbaren Durst gehabt, der Ehrenfried Dorfwallner.
Eines Tages dann ist er plötzlich ganz traurig geworden, und zwar nur, weil so ein hergelaufener Hanswurst in der Zeitung einen Artikel geschrieben hat, in dem vor dem Kupfergeschirr, da es Grünspan ansetze, gewarnt wurde.

Zum Kochen und Braten dürfe man nur noch Emaillegeschirr verwenden. So eine Gemeinheit!
Und dann sind Hausierer mit ihrem Emaillegeschirr, diesem Schundzeug, in die Dörfer hinausgezogen und haben der Wally und dem Ehrenfried das Geschäft versaut. Und deswegen hat der Ehrenfried aus lauter Kummer immer noch mehr gesoffen, und schließlich hat er sich aufgehängt, der Bräutigam von der Kirtanudelwally.
Und da ist die Wally dann ganz allein dag'standen und hätte am liebsten die ganze Welt vergift'.
Das geht aber nicht so ohne weiteres. Dazu braucht man Geduld.
Und deswegen nun macht die Wally jeden Freitag ihre Nudeln in einem besonders gediegenen kupfernen Hafen, einem, der mit Grünspan nur so überzogen ist, und verkauft die »Auszogenen« zwanzig Kilometer im Umkreis, als Fastenspeis! Und noch niemand ist an so ara Nudel gestorben. Und das wurmt die Wally, weil grad ihr Ehrenfried dran hat sterben müssen.

## *Der Schweinehund*

Nicht jeder Hund kann ein Schweinehund sein, aber jeder Mensch, wie zum Beispiel der Zimsterer Michel, der Sportwart von unserem Turnverein Krögelsbach e.V., der scho. Reden hat der Zimsterer können, wiara guate Schreibmaschine schreiben kann.
Nur wegen dem Zimsterer überhaupt haben mir unseren Turnverein gegründet... und weil's in Freilassing drüben a scho oan g'habt hamm.
Nachat gangaten a unsere Wampen weg, hat der Schweinehund g'sagt. Als ob a Wampen a Schand wäre! Im Gegenteil, muaß man sagen, möchte man wenigstens meinen.
Vom Traktorfahren wird man nun einmal fett, wia de Pfarrer vom Beten. Das ist der Bewegungsmangel. Deswegen haben fromme Leut a Wampen. Eine alte Geschichte, bloß redet man nicht gern davon.
Dürr überhaupt sann bloß de Teifin oder de junge Koperater, weil's halt no Anfechtungen hamm und de Glokkenseil in der Kirch selber ziehen müssen. Später setzen sie dann schon an, wenn's amal mehra Zeit hamm... meinte der Zimsterer. »Und man siecht's eahna ja a o.«
Mir brauchaten aber einen Turnverein alloa scho, weil mir sovui nachdenken müassen, über die Vorteile, die es hat, wenn mir staatliche Zuschüsse kriegen, damit mir weniger fabrizieren... Und vom weniger Fabrizieren natürlich wird man auch wampert, net bloß vom Darübernachdenken...
Bei 30 Prozent mehrer an Zuschüssen hat sich schon das Durchscnittsgewicht der Bauern um 40 Prozent erhöht, behauptet wenigstens der Zimsterer Michel als Begrün-

dung dafür, daß mir unseren Sportplatz auf das Doppelte erweitern müssen. So arg ist es natürlich nicht mit dem Fettwerden… Aber man sagt halt!
Wenn das allerdings so weitergeht, wird auf die Dauer natürlich überhaupt nur noch im Sportverein gearbeitet.
Dieses derfen Sie mir glauben, dieses woaß i g'wiß, da brauch i gar koan Zimsterer…
Bürgermeister mecht er übrigens a wern bei uns, der Schweinehund. A Viehwaag hat er schon bestellt, und Schwammerl möcht er feldmäßig anbauen lassen, Herrenpilze (*boletus edulis*). Er spinnt halt. Und da kann man nix machen. Am liebsten wäre er ja Fußballtrainer bei uns in Krögelsbach, wenn wir zur Bundesliga zuag'lassen wären. Dös sann ma aber ned. Gottseidank!
Sonst ist er aber ein ganz ein netter Mensch, der Zimsterer Michel, der Schweinehund. Was sich der bloß für a Arbat macht, damit er ned arbaten muaß!
Jetzt kriagt seine Wally a no a Kind. Und da sammelt er schnell no überall Alimente ein.
Wenn se de Wally aber täuscht hat, dann muaß er verschwinden, der Zimsterer Michel, der Schweinehund. Dann ko er se nimmer bei uns halten.
Neulich hab ich g'hört, daß er jetzt in Salzburg drüben für die Festspiele Eintrittskarten verkauft.

## *Wie der Heimerl Rudolf dem Fegefeuer entwich*

»Der Ehestand ist sovui wia das Fegfeuer«, sagen die gescheiteren Leut bei uns in Zirmshausen. Und das stimmt auch. Und das stimmt auch wieder nicht. Beim Heimerl Rudolf zum Beispiel stimmte es nicht. Bei dem ist der Ehestand die Höll. Schon seit 35 Jahren. Kinder hamm's koa g'habt, das waar der Babette z'vui Arbat gwen. A Wagerl zum Rumfahren hätt's mögen, er aber ned!

Und da hat der Rudi dann das Briefmarkensammeln angefangen. »Heut noch«, behauptete die Babette, »kunnten sie sich no an VW zualegn, wenn der Herr Gemahl seine Briafmarken in' Ofa neischmeißert. Wo's hing'hören!

»Himmi Herrgott«, fluchte der Heimerl Rudolf und brüllte wie ein Stier. »Jetzt aber is Schluß, aus, Amen...« brüllte er und riß das Tischtuch vom Tisch mitsamt dem Geschirr drauf und schmiß es zum Fenster hinaus.

»Öha«, kam es von unten herauf.

»Ja, den schaug o!« schrie die Babette. »Bist du narrisch wor'n?«

»Ja!« brüllte er.

»So! Möchst du dich vielleicht scheiden lassen? Aber mir sann kirchlich traut, mei Liaber! Da gibt's koan Bahnhof. Außerdem hab ich mir nix z'schuiden komma lassen. Dös taat dir so passen! Du Bandit!«

Das Wort »Bandit« gebrauchte die Babette zum ersten Mal in ihrem Leben. Und dabei stierte sie mit ihrem Schafsgesicht den guten Rudi derartig an, daß selbst dessen Schutzengel das Blut in den Adern gerann.

»I wui mi ja gar ned scheiden lassen«, erwiderte der Heimerl Rudi. »Nur umbringa tua i di, damit daß d'as woaßt. Heit auf d'Nacht punkt zehne, du Mistmatz!« brüllte der sanfte Mann auf.

Es folgte der Aufschrei der Babette, und dann schmiß sie die Briefmarkensammlung ihres Mannes in den Ofen. Und er zertrümmerte mit dem Vorschlaghammer die Fensterstöcke, demolierte das Treppenhaus und fing dann an, so gerissen war er, auf seiner C-Trompete »Hoch Heidecksburg« zu blasen.

Es kam die Feuerwehr, die Ambulanz und ein Gendarm, der Finsterer Ambrosius, mit dem die Babette in jungen Jahren einmal ein G'spusi gehabt hatte.

»Ja, was ist denn bei euch los?« fragte der Finsterer Ambrosius. »Seid's narrisch worn!«

Und da ist der Rudi erst aufgegangen. Er hat den Gendarmen einen saudummen Hanswursten geheißen, einen Oberdeppen, der sich schwingen soll, mitsamt der Babette.

Und schließlich ist der Rudi mit am Taxi in die Psychiatrische Klinik gefahren worden, in die Nervenheilanstalt... direkt ins Paradies.

Da hat er ein wunderbares Zimmer kriegt, ganz für sich allein, und dann hamm's, der Doktor, der Rudi und der Riederer Sepp (ein alter Spezi), ganz langsam und schön stad an Handel mit gefälschte Briefmarken aufzogen in Zusammenarbeit mit der Mafia.

## *Dem Nicki sein Roserl*
(Eine unwahre Geschichte)

Es handelt sich um ein Mädchen namens Roserl, das unter dem Eindruck der Oberammergauer Festspiele beschlossen hatte, ein neues Leben zu beginnen. Aber nicht als reumütige Magdalena, sondern im Gegenteil. »Nix mehr wird bereut«, hat sie sich gesagt.
Und eigentlich war daran nur der Nicki schuld, der Nikolaus Hochleitner, dieser Bazi, der immer den Heiligen Paulus auf dem Wege nach Damaskus, und zwar *vor* seiner Bekehrung, gespielt hat. Und auf d'Nacht dann, nach der Vorstellung auch noch.
Und dabei hat der Nicki, der narrische Teufel, der Rosalia, oder sagen wir dem Roserl, schon dreimal das Heiraten versprochen gehabt, ist aber immer wieder durch eine andere Darstellerin davon abgehalten worden. Und so hat das Roserl dem Nicki mit einer Hinrichtung auf offener Bühne gedroht.
Und dann hamm's auf einmal den Heiligen Josef und die Heilige Maria auf dem Wege zu einer Volkszählung spielen müssen, der Nicki und das Roserl. Und da hat er nach den Vorstellungen nur noch den keuschen Heiligen Josef markiert oder den Erzengel Gabriel oder sonst einen Heiligen. Andererseits hat das Roserl dem Nicki auf offener Bühne auch nicht grad eine herunterhauen wollen.
Aber g'spielt hamm de zwei, daß das Publikum unerhört zerknirscht dag'sessen ist und pfeilgrad zum Beichten ganga waar, wenn es jemand zum Beichten gegeben hätte außer dem Heiligen Josef, dem Nicki.
Das aber hat dem Roserl a wieder ned paßt. De Leut

soll'n halt protestantisch wer'n«, hat's g'sagt. »Dann brauchas ned beichten.«

Dabei hat in der näheren Umgebung a jede dritte Jungfrau a Kind vom Heiligen Josef g'habt, so wie das Roserl ja aa a Kind g'wen is vom Heiligen Nepomuk.

Beziehungen hat's also schon g'habt, das Roserl – vom Heiligen Josef bis zum Judas Ischariot herunter. Der hat ihr aber nur so derbarmt, weil'n de Leut nach jeder Vorstellung als Verräter und Schuften aso herg'haut hamm, daß der guate Mo kaum hoamg'funden hat. O mei! Und deswegen hat ihn dann das Roserl gelegentlich ein paar Meter begleitet und a paarmal sogar die Haustür aufg'sperrt.

Und wia der Nicki dös wieder erfahren hat (von der Heiligen Magdalena, diesem Mistviech), ist er wiara Wuiada aufganga und hat den Judas nach der Vorstellung hinter dem Fußballplatz aufg'lauert und derart verdroschen, daß man ihn ins Krankenhaus hat einliefern müssen. Und niemand hat g'wußt, wer ihn aso hergerichtet gehabt hat. Und keiner hat auch mehr den Judas machen wollen.

Das Roserl hat es natürlich gewußt. Aber sie hat das Maul gehalten. Weshalb sie der Nicki dann auch aus Dankbarkeit geheiratet hat, oder sagen wir auch aus einer inneren Notlage heraus.

## *Der Heiteranger Schorsch und die Niederwieser Wally*

Der Heiteranger Schorsch war ein ganz ruhiger junger Mensch, der seine Wally nur Wally nannte. Warum, das weiß er selber nicht. Er schaute sie immer nur an, seine Wally, die er erst gestern geheiratet hat, in der Langwieser Kapellen, mitten im Moos drin. Es war nur der Großvater dabeigewesen, eine alte Tante von der Wally und der Lenz, ihr Bruder.

Der Weg ins Tal hinunter wäre zu weit g'wesen, aa mit dem Fuhrwerk, so ist der Pfarrer auffa komma. G'essen hamm's dahoam. Die Wally hat vorg'richt g'habt, an Hasen, Pfannakuacha mit Marmelad und a Supp'n.

Es war halt so, wia ma's nur noch auf'm Land find, auf ganz einsame Höf, wo die Leut gar niemand hamm als wia an Himmel, an Wald und ihre Arbeit. Und da wern's dann scheu zueinander.

Die Wally und der Schorsch haben sich eigentlich auch gar nicht kennengelernt, sondern die hamm sich immer schon kennt, weil's miteinander aufg'wachsen sind, fünf Kilometer herent und drent vom Taubenberg, auf Einödhöfen. Und da kommt man halt beim Holzeinführen aneinander vorbei, in der Schui, beim Kramer. Und einmal in Weyarn sann's nebeneinander vor dem scheena Engel g'standen vom Ignaz Günther. Aber no scheener is die Wally.

Aber dös wissen die Leut gar ned. Nur der Schorsch woaß's. Sie ist wirklich wunderbar, die Wally, mit ihre schwarzen Zöpf und ara Stimm wiara Harfen. »Und so was kann man heiraten?« wunderte sich der Schorsch. A Christkindl ko ma do ned heiraten!

An Schorsch sei Großvater hätt se's vorstellen können und der Pfarrer a. »Aber i tat's trotzdem probiern«, hat der Pfarrer g'sagt. Aber der derf ja ned. »I derfat scho«, hat sich der Großvater denkt, »aber was tat denn ein Christkindl mit mir ofanga?«
Aber Gottseidank, daß de junge Leut no nix wissen von der Welt. De oan raffa, de andern kniageln in der Kirch umeinand und moana, daß bloß de andern Menschen so schlecht san.
Dabei san de Menschen gar ned so schlecht, sondern nur auf der verkehrten Seiten g'scheit. G'schenkt möchten's alles hamm, s'Christkindl a.
Und de wirklichen Leit, de andern, de reden nix und schaugn bloß umeinander und säng allahand, an Baam, an Hund, a Katz.
Der Schorsch und die Wally, dös sann Baam.
Wia de zwoa dag'standn san in der Kapellen und nachher hätt die Wally beinah a no a bisserl g'woant.

## *Paracelsus und der Simon Naßenrieder*

Paracelsus ist in Salzburg beerdigt worden, und der Simon Naßenrieder aa, bloß a paar hundert Jahr später, am selben Tag, auf demselben Friedhof, zur selben Stunde. Dieses hat der Paracelsus mit dem Simon Naßenrieder gemeinsam.

## *Die Suezkanalgesellschaft und die Speckknödel*

Vinzenz Höhenreiner ist als junger Mensch einmal durch den Suezkanal geschwommen, quer durch und auch der Länge nach. Dafür hat er von der Suezbaugesellschaft eine Erinnerungsplakette und 5000 ägyptische Pfund erhalten, dazu eine Ladung von Tellern, Tassen und Gläsern mit der Aufschrift »Suezkanalgesellschaft«.

Von den 5000 Pfunden hat sich der Vinzenz am gerade fertiggestellten Staudamm hoch über dem Perchtental, ganz nahe von Ostering, eine Werkstatt hingebaut mit einem Café-Ausschank daneben und einem Gärtchen, an dem eine schwimmende Liegewiese vertäut lag, ein fünfzig Meter langes Floß.

In dem Café verkehren Radler und Spaziergänger, die sich des schönen Stausees erfreuen.

Vinzenz Höhenreiner und sein Freund Thaddäus Niethammer, ein pensionierter Schiffsmaschineningenieur, beschäftigen sich mit dem Bau von Klein-Unterseebooten beziehungsweise Aussteigvorrichtungen bei Katastrophen. Eines ihrer kleinen Unterseeboote hieß *Lothar-Günther Buchheim*, das andere *Admiral Hipper*, nach einem Seehelden, der aus einer guten Wirtschaft in Weilheim stammte.

Den Haushalt der beiden und das Café führte die Mairacher Steffi, ein Waisenkind von 17 oder 18 Jahren, das in Windhuk geboren war. Auch einen Boxerhund Lordi gab es dort oben, weil das Mädchen so eine Riesenangst vor dem Stausee hatte, der so tief war, so unheimlich tief. Lordi aber planschte darin herum wie in einer Badewanne.

Das Café nun am Perchtentaler Staudamm war ein typisches Ausflugslokal, an manchen Tagen gesteckt voll und dann wieder gähnend leer.
Es wurde viel von Motorradfahrern besucht, von jüngeren Leuten, die an einer Landschaft vor allem das Hindurchrasenkönnen schätzten und die natürlich auch an der Steffi ein gewisses natürliches Interesse bekundeten. Was Vinzenz nicht entging. Der Steffi auch nicht. Ihr entging auch nicht, daß es dem Vinzenz nicht entging.
Eines Tages nun, als Steffi gerade vom Einkaufen aus dem Tal heraufkam von Osterring, wo sie für die Männer immer etwas Gutes einzukaufen versuchte – Schmalznudeln, ein Wammerl –, hörte sie den Lordi laut bellen. Dann sah sie ein Wassergekringel im Stausee, irgendwelche Warnlichter blinkten, von einem Ballon oder einer Kugel. Um Gotteswillen, dachte Steffi, warf ihre Einkaufstasche weg und sprang mit dem Lordi in den See, in die tiefe, dunkle Flut, die ihr wahre Schauer einflößte. Da aber hatte der Lordi schon eine Leine im Maul und platschte ans Ufer ... und auch die beiden Boote tauchten auf.
Vinzenz und der Niethammer Thaddäus winkten. Es war nur ein Kabel gerissen.
»Die Steffi ist doch eigentlich ein nettes Madel. Warum heiratest du die denn ned?«
Vinzenz lachte. »Dös duri scho no«, meinte er.
»Moanst ned aa?« fragte er sie.
Und als ihm die Steffi dann vor lauter Freud um den Hals gefallen ist, hat er sie gefragt: »Ja, was hast denn g'habt?«
»Ja soviel Angst hab i g'habt ... als ob was passiert wär!« schluchzte die Steffi.
Bei der Hochzeit hat es dann die in der Überschrift dieser Geschichte erwähnten Speckknödel gegeben.

## *Der Regenschirmkapitalist*

Ambrosius Kunibald Beinhuber war Regenschirmfabrikant in Kleinbrudersbach. Er stellte mit drei, vier Heimarbeitern und einer vollautomatischen Nähmaschine die schönsten Regen- und Marktstandschirme her, die allerschönsten, großartigsten, um die sich die Frauen nur so rissen.

Mittags speiste er dann, der Kunibald, in seinem Stammcafé Dampfwürst und las Fachzeitschriften – wie er sagte – täglich von drei bis fünf Uhr nachmittags, im Café *Harfe*.

Dahin brachte ihm auch seine Haushälterin, die Brenzlauer Marie, ein noch ganz ansehnliches Frauenzimmer, täglich die Post. Seit vielen Jahren.

Heiraten aber wollte er, der Kunibald, sie, die Marie Brenzlauer, trotzdem nicht. Dies hatte die Marie auch allmählich begriffen, aber er nicht, der Kunibald, daß nämlich die Marie nur deswegen zu ihm in Dienst gegangen war, weil sie die Hoffnung gehabt hatte, daß sich dies eines Tages auszahle.

Aber wegen der paar Schürzen auf Weihnachten und dem Lebkuchenherz ... darauf pfiff sie und kündigte deshalb ihrem Brotherrn.

»Ja, wia dös«, wunderte sich der, als die Marie gelassen vor ihm stand und ihm auseinandersetzte, daß sie ja schließlich noch kein altes Weib sei und vom Leben auch noch etwas haben wolle.

»Ah, geh weida«, sagte der Regenschirmfabrikant nur. »Bin i denn gar nix mehr?«

»Wia ma's nimmt«, meinte die Marie.

»Ja, bist du denn ganz narrisch worn« seufzte der sowie-

so schon so geplagte Mann. »Wer soll denn nachher für mich kochen?!«
»Sie fressen ja sowieso nix als wia Dampfwürst«.
»Dö sann ja aa am besten«, verteidigte sich Kunibald. »Aber wennst schon heiraten willst«, fuhr er fort, »dann nimm doch einfach mi«, meinte er und war sich selber nicht ganz klar, was er da daherbrummte.
»Ja, wennster traust«, erwiderte die Marie streng und hart.
Und dies war des Ambrosius Kunibald Beinhubers größte Fehlkalkulation in seinem Leben gewesen. Denn nach der Hochzeit bekam er überhaupt nur noch Dampfwürste vorgesetzt und sie, die Frau Beinhuber, fing mit einem Hilfskoch vom Kurhotel in Trimmharting ein Verhältnis an und bekam von ihm ein Kind nach dem anderen, den Anton, den Maxi, den Wastl und so weiter, Kinder, die alle natürlich Beinhuber hießen.
Insofern war dies dem aber auch wieder recht. Dachte er doch daran, daß die eigenen Kinder im Betrieb immer noch billiger sind als fremde Arbeitskräfte. Was auf die bäuerliche Abstammung des Beinhuber Kunibald hinweist.

## *Der Häuserlschleicher*

Ein Häuserlschleicher schleicht gar nicht im eigentlichen Sinn des Wortes, sondern geht um den heißen Brei herum.
Der heiße Brei in unserem Falle ist ein Motorrad, eine Harley Davidson, mit dem schönen Schriftzug *Harley Davidson* auf dem Benzintank.
Diese Harley Davidson gehört dem Birnthaler Sepp, der sie aus alten gebrauchten Maschinen neu zusammengebaut hatte und mit ihr eine Reise an den Gardasee machen wollte, und zwar mit seiner Braut, der Frohnlechner Johanna, die gerade eine Fehlgeburt gehabt hatte.
Die Geschichte aber mit der Frohnlechner Johanna, seiner Braut, hatte einen Haken. Der Birnthaler Sepp nämlich schaute seiner Braut heruntergerissen ähnlich, was aber – nicht nur wegen der Fehlgeburt – der Großmutter der Johanna immer schon zu denken gegeben hatte. Rundheraus gesagt, war sie der Meinung, daß ihr Enkelkind nicht von seinem »Vater«, dem Brauer Frohnlechner, stammte, sondern vom Birnthaler Sepp seinem Vater, einem Holzknecht mit dem es die Mutter der Johanna, vor ihrer Ehe mit dem Brauer, gehabt hatte.
Die Großmutter sprach mit ihrer Enkelin darüber, und die wieder sagte dem Birnthaler Sepp, ihrem Bräutigam, daß sich eine Hochzeitsreise an den Gardasee eigentlich erübrige. »Und schließlich gibt es ja noch andere vernünftige Frauenzimmer«, meinte sie, zum Beispiel die Henriette, die Tochter vom Schwanenwirt von Berghagelsbrunn.
Nun ja, und so wurden sie halt Bruder und Schwester, der Birnthaler Sepp und die Frohnlechner Johanna; ein

bißchen kam es ihnen schon komisch vor, verrückt eigentlich – und sie hatten sich doch so gut verstanden.
Für alle Fälle aber hatte die Großmutter der Johanna mit dem Zamsterer Servatius, einem aufstrebenden Maurer, etwas eingefädelt. Sie hatte sich bei dem über dies und das erkundigt und – unter uns gesagt – ihn herbeigezogen oder eingeladen zu Beratungen über den eventuellen Umbau ihres echt historischen Bauernhäusels in eine Fremdenpension.
Und wie es halt so geht: Der Zamsterer Servatius hatte gleich mit dem Umbau begonnen, mit einem neuen Unterzug zum Beispiel, in den alten Küchenherd. Dann hatte er eine vorschriftsmäßige Brandmauer gezogen, zwischen dem Wohnhaus und einem früheren Heustadel. Vierzehn Tage hatte er dazu gebraucht, und zwischendurch war es zu mancherlei Gesprächen gekommen. Die Johanna hatte dabei herausgekriegt, daß für den Zamsterer Servatius ein Motorradl, so eine Harley Davidson, wie sie der Birnthaler Sepp in der Remise stehen hatte, die Erfüllung seiner Träume gewesen wäre.
Und nach dem fertigen Umbau wäre er ja auch kein Maurer mehr gewesen, sondern ein junger Baumeister, sagte sich die Johanna. Und das weitere würde sich dann schon finden.
Johanna sprach also wegen des Motorradls mit ihrem Halbbruder, dem Birnthaler Sepp. Der Servatius, so erklärte sie ihm, wäre sehr interessiert daran. Nicht zu teuer sollte die Maschine halt sein!
»Er soll nur kommen, der Häuserlschleicher, der windige«, bemerkte der Birnthaler Sepp.
Und schon am Sonntag, nach der Kirch, fragte der Servatius den Sepp, wie es nun mit der Harley Davidson stünde. Auf den Preis käme es halt an.

Der Birnthaler Sepp handelte nicht lange herum – dreihundert Markln. Der Servatius schaute sich die Maschine dem Brauch nach an und legte dann das Geld auf den Tisch.
Ein wunderbares Motorrad, geschenkt direkt!
Der Servatius, der junge Baumeister, bedankte sich bei der Johanna und fuhr dann mit der Henriette vom Schwanenwirt aus Berghagelsbrunn nach Paris umi, dieser Häuserlschleicher!

## *Die Noichl Pilla von Urach*

Die Pilla, meine Schwester, hat in Urach einen Schäfer geheiratet, den Noichl Peter, einen ganz berühmten Naturheilkundigen. Geredet hat er wenig, naturgeheilt umso mehr, und zwar mit ganz einfachen Methoden. »Zwei Liter Wasser trinken am Tag, nicht direkt in die Sonn schaun und allerweil gurgeln! Nix Besseres gibt es nicht«, hat er gesagt, und das auf schwäbisch.

Schwäbisch hört sich immer beruhigend an, einfach beruhigend. Sonst hätte auch meine Schwester, die Pilla, den Noichl Peter gar nicht geheiratet, denn mir in Breitenhagen sind nun einmal für das Beruhigende – woischt. Wir vermeiden jede Aufregung und heiraten deswegen ganz stad.

Und so ein ganz ein stader Mensch war eben der Noichl Peter, der beim letzten Krieg, als er eingezogen worden war und auf dem Schießplatz von Wessobrunn in hundert Meter Distanz auf eine Scheibe hätte schießen sollen, erklärte, daß er nur in fünfhundert Meter Distanz auf eine Scheibe schieße, weil der Schuß dann nicht so knalle. Sein Feldwebel wäre bald in die Luft gegangen über so einen Blödsinn, und er meldete den Noichl Peter wegen Befehlsverweigerung beim Hauptmann. Der aber wußte auch nicht, was er mit so einem Rindvieh anfangen sollte, und schob ihn deshalb der Einfachheit halber ins Revier ab, nach Oberkrummhagelshausen, wo der Noichl Peter dann die Schafe hütete und wenigstens nicht auf dem Felde der Ehre sein Leben lassen mußte.

Meine Schwester Pilla, die in der Nervenheilanstalt von Oberkrummhagelshausen Lehrkurse zum Kräutersammeln gab, unterhielt sich gern mit ihrem Peter, wenn er

zweimal am Tag vor ihrem Fenster die Schafe vorbeitrieb.
Und so kam es eben zu näheren Beziehungen.
»Einen Krieg darf man niemals anfangen«, hatte er einmal zu meiner Schwester gesagt, »wenn man nicht bestimmt weiß, daß man ihn verliert.« Und da hat er recht gehabt.
Man muß eben alle Risiken vorher überlegen und dann viel gurgeln …

## *Der Posträuber von Paß Thurn und die Baßgeige*

Jemand Post geben, heißt jemand benachrichtigen bei uns. Man kann auch jemand durch die Post Post geben, wie in unserem Falle, wo die Resi Oberacher, die einzige Tochter vom Haselbauern aus Riemering, ihrem Girgl durch die Post Post geben wollte. Und zwar wollte sie ihn durch ein Brieferl benachrichtigen, daß sie ihn abends um siemi beim dritten Stadl auf der Straß zum Paß Thurn hinauf erwarte, weil sie es ganz einfach gar nimmer aushalte ohne ein richtiges Busserl.

Sie warf das Brieferl mit solcherner Wucht in den Briefkasten und pumperte mit den Fäusten noch so darauf herum, daß das Brieferl auf der anderen Seite wieder herausschoß.

Und da, direkt vor dem Postamt, hat es dann der Muck, der Sohn des Schreinermeisters Michelsthaler, gefunden. Und gelesen hat er es auch gleich, weil er sich ja, wiara de Adress vom Girgl drauf gelesen hat, scho hat denka können, was in dem Briaferl drinsteht und daß ihn das vielleicht auch interessieren kundt.

Und weil er ja mit seiner Baßgeigen wegada Hochzeit von seim Bruder sowieso auf den Paß Thurn hinauf hat müssen, schob der Muck sich seinen Steyrerhut ein bisserl aus der Stirn, was einen durchaus unternehmungslustigen Eindruck machte. »Die Resi waar ja nicht so ohne«, sagte er sich. »Und jemand a bisserl näher oschaugn, dös braucht's schon von Zeit zu Zeit«, sagte sich der Muck und schob seinen Steyrerhut no weiter hinter.

Am späten Nachmittag schließlich machte er sich mit

seiner Baßgeige auf den Weg zum Paß Thurn hinauf, wobei er noch unten in Mittersill, in der Straß, wo 1945 ein berühmter Komponist (Anton von Webern) erschossen worden ist, aus purer Dummheit. Ja, gerade in der Straße hat der Muck den Haselbauern getroffen, den Vater von der Resi. Und da haben sie halt über dies und das geredet, der Muck und der Hauselbauer, der Vater von der Resi. Über die Landwirtschaft hammsase unterhalten, übers Wetter, über dene Amerikaner ... Und auf einmal sagte der alte Haselbauer zum Muck: »Du!«
»Was?«
»Der Girgl ist doch a Freind von dir?«
»Ja freilich«, antwortete der Muck, obwohl es mit dieser Freundschaft nicht so weit her war. Sie sann halt miteinander in d'Schui ganga und hamm Fensterscheiben miteinander eig'schmissen. Und Fuaßball hamms a g'spielt miteinander und de Touristen »Ihr Rindviecher!« nachgschrien.
»Sag ihm jedenfalls, dem Deppen, dem Ochsen, dem Kamel, daß er se mehra um das Reserl kümmern soi, sonst kimmt's eahm aus, vastehst! De Fremden nämli, die hamm aa Augn im Kopf und die san nicht nur Rindviecher, vastehst!« wiederholte der Haselbauer.
Und ob der Muck verstand.
Im allgemeinen drücken sich die Bauern gar nicht so direkt aus. Aber in diesem Falle muß wohl ein gewisser Zorn – oder sagen wir Unmut – die Ausdrucksweise des Haselbauern beeinflußt haben, höherer Unmut vielleicht. Möglicherweise handelte es sich auch nur um bäuerliche Ungeduld beim Erwerb eines Schwiegersohns – obwohl: Wer übergibt bei den Bauern schon gleich gern seinen Hof?
Beim Haselbauern allerdings war das anders, weil der

nämlich mit'm Schnitzen von Kripperln und Heilige Nikolaus vui mehra verdient als wia mit seinem Bauernsach, mit seine sechs Küah und bloß einer Tochter in der Auslag.

»Hm«, dachte sich der Muck. »So ist dös nun einmal«, dachte er sich und nahm seine schwere Baßgeige auf die Schulter.

»Pfüat di nacha. Es wird schon recht werden, mit aram Schwiegersohn.«

»Pfüati« kam es zurück.

Muck machte sich an die Überwindung der vielen Windungen zum Paß Thurn hinauf und setzte sich dann auf die Bank vor dem Stadel. Dort stimmte er ganz, ganz behutsam seine Baßgeige und begann mit dem Bogen leise über die Seiten zu streichen.«

»Ja was ist denn da los?« hörte er plötzlich die Stimme vom Reserl.

»Ja Reserl, wo kommst denn du her?«

»Wo wer i denn herkemma ... von dahoam!«

»Ah, geh weida ... i moan ja nur ... aso a Zufall. I woit da scho lang amoal a bisserl was aufspuin.«

»Na spui halt!«

»Aber wennst du auf jemand wartst!«

»Wiaso?«

»I moan ja bloß.«

»Der Girgl müaßt ja a eigentlich scho da sein.«

»Der ist grad mit der Vroni vorbei, auf'm Motorradl. De san zum Feuerwehrball nach Fiebersbrunn! Hasta's ned g'säng?«

»Naa«, sagte die Resi. »Naa«, sagte sie nach einer Weile noch einmal. »Naa, naa, naa«, wiederholte sie, und dann sagte sie gar nichts mehr.

Auf einmal ist ihr dann das Wasser aus de Augn rausg-

'schossen. Und da hat sie halt der Muck a bisserl tröst.
»Schließlich bin i ja aa no da«, sagte er, und da lächelte die Resi schon wieder a wengerl.
Und dann hat ihr der Muck auch noch ganz was Trauriges aufg'spuit, ganz alloa für sie. Und dann hat er's halt mitg'nommen zur Hochzeit von sei'm Bruder. Und heimbegleitet hat er sie dann ano, mitten in der Nacht, im Stockfinstern ... Und unter der Haustür hat er ihr noch ein paar extra Busserln abzapft.
»Aber so san halt de Posträuber!«

## *Der Hemater Lenz und der Nordpol*

Wenn Sie wüßten, was das für eine schwierige Geschichte ist, würden Sie gar nicht erst zu lesen anfangen.
Jetzt hamm's aber scho og'fanga und woin wissen, wie das weitergeht. Ganz genau aber kann ich es Ihnen erst am Schluß sagen, am Ende der Geschichte, wenn die Geschichte gar ist.
Also, der Hemater Lenz von Hemmeradshofen hat einmal irgendwo g'lesen, daß es den Nordpol eigentlich gar nicht gibt, sondern nur auf der Landkarten, als geometrischen Punkt. Und das hat den Lenz beschäftigt, daß es so etwas gibt, was es gar nicht gibt. Und als er das seiner Braut, der Cäcilia, erklärt hatte, sagte sie: »Du spinnst.« Und wenn die was sagte, stimmte es auch – nur nicht so ganz genau. Und als er dann bei seinem Spaziergang wieder einmal damit anfing, mit dem Nordpol, den wo es eigentlich gar nicht gibt, meinte sie: »Du spinnst aber wirklich.«
Das kann man sich als junger Mann nicht zweimal sagen lassen, und so brach der Lenz seine Beziehung zur Cäcilia ab, und sie heiratete nachher den Dorfschullehrer, was man, nach der Meinung vom Lenz, schon nicht mehr spinnat nennen konnte, sondern es war der reine Schwachsinn.
Er, der Hemater Lenz, also der Lenz aus Hemmeradshofen, wanderte aus, nach Alaska in die Nähe des Nordpols. Dort nahm er eine Stelle auf dem Ausguck eines Raddampfers an, und er fuhr den Yukon hinauf und hinunter, und eines Tages kaufte er sich eine Landkarte und fünfundzwanzig Schlittenhunde, einen Kompaß und 30 Kilogramm Schweinespeck. »Dös muaß langa«, sagte er

sich, und für die Schlittenhunde nahm er noch drei Zentner Heu mit.
Als er dann nicht mehr wiederkehrte, weder nach Alaska noch nach Hemmeradshofen, sagte seine frühere Braut zu ihrem Ehemann, dem Schullehrer: »Mei, leid tut er mir eigentlich scho a bisserl. Wo er so schön g'sponnen hat.«
Einstweilen hatte sich der Hemater Lenz mit 35 Schlittenhunden und 28 Schlitten und einer Bohrmaschine, dazu drei Zentnern Dynamit, mehreren Magneten, Grabinstrumenten und Kompassen auf den Weg zum Nordpol gemacht, wo er sich ein Zelt aufstellte mit einem weißblauen und rotweißen Fähnchen darauf und eine Solarzellenapparatur zur Warmwassergewinnung etc. Wochenlang beschäftigte er sich mit dem Versuch der exakten Bestimmung des Nordpols und versenkte schließlich, beziehungsweise vergrub in das Eis eine Flasche mit dem Hinweis, daß es der Nordpol ihm verdanke, wenn er exakt bestimmt worden wäre, und zwar so, daß man jetzt genau wisse, wo es vom Nordpol aus nicht mehr weiter nach Norden gehen kann, sondern nur noch nach Osten, Süden oder Westen.
Schließlich dann pfiff der Hemater Lenz seine Hunde zusammen und machte sich auf den Weg nach Alaska zurück, wo er am Yukon in einer schon längst von ihm entdeckten Goldgrube eine gigantische Arbeitsstätte aufmachte und später eine Bank in Zürich.

## *A so a Puritaner*

Dieser Ausspruch »A so a Puritaner« stammt von dem Altersheiminsassen Georg Maringer, anläßlich eines Vortrags des Hochschulprofessors Konrad Eduard Mitterhuber über Alterserotik.
Maringer schaute dabei seine Altersheimgenossin Lypsidia Hundertmärker an. »Darf ich fragen«, antwortete die Dame auf Hochdeutsch, »was Sie unter puritanisch verstehen?«
»O mei«, erklärte der Maringer Georg, »ganz was Nakkertes, was Auszogens, was Wissenschaftliches ...«
Das Gespräch fand keine rechte Fortsetzung. Und schon fuhr der Universitätsprofessor Konrad Eduard Mitterhuber von der Sexualhyponomie der eineiigen Zwillinge im Zusammenhang mit pnomischen Interferenzen zu sprechen fort ... im Bayerischen Rundfunk über alle deutschen Sender.
»Da hammas ja«, sagte der Altersheiminsasse Georg Maringer zu seiner ehrwürdig ergrauten Gesprächspartnerin.
»Was hamma da jetzt?« meinte die.
»Ja, das Puritanische!«
»A so«, sagte sie, »moanan's?«
»Soin ma den Radio ned abschalten?« fragte der Maringer Georg.
»Noch nicht«, meinte die greise Lypsidia Hundertmärker. »Der Professor hat doch so eine sympathische Stimm.«
»A so«, sagte diesmal der Maringer Georg und bestellte durch das Telefon, mit Einverständnis der Lypsidia, zwei Gläser Johannisbeersaft mit drei Spritzer Gin drin.

»Früher«, so sagte er dann zu seiner Altersheimzimmernachbarin, »da hätt ma uns halt eine Flasche Haut Sautern kommen lassen.«
»Ganz früher«, antwortete die Lypsidia. »Jetzt aber bin i eher für an Whisky!«

## *Der damische Ritter*

Ich wohne in einem schönen Land, das heißt Tirol, inmitten von Bergen, Zacken und Schrofen. Dazu Wälder und ein verhältnismäßig blauer Himmel. Die Bevölkerung lebt von der Landwirtschaft und sonst auch ganz gut. Forstwirtschaft treibt kein Mensch dort, außer mir. Deswegen kenn i mi mit dem Baam a besser aus als wia de Baam sich mit mir. I hab selber drei Baam, drei Ahorn, und bin der Beauftragte der Gemeinde für den Umweltschutz.

Und die drei Baam möcht i jetzt abholzen, weil ich sie für Tischplatten brauch. Und da muß ich einen Antrag bei mir selber einreichen. Und dös habe ich auch getan. Und trotzdem hamm's ma, obwohl ich den Antrag selber genehmigt g'habt hab, de Baam ned abschneiden lassen – wega dem Umweltschutz. Und deswegen führe ich jetzt mit der Gemeinde einen Prozeß. Recht muß Recht bleiben.

Der Bürgermeister will mich in ein Irrenhaus einweisen lassen. Aber gemeingefährlich bin ich ja nicht, gemeingefährlich ist nur die Gemeinde. Und solange bei uns die Touristen frei herumlaufen ...!

Am liebsten natürlich tät ich heiraten, die Emilie. Die rät mir aber dringend von ihr ab. Das hätte gar keinen Sinn, sagt sie, da sie sich mit ihrem Postkartenstandl selber kaum ernähren könne.

I buidt mir die Emilie aber unbedingt ei und bin deswegen zu unserem Kaplan nüberganga und hab's ihm auseinanderklamüsert, wia mi dös freun dat, wenn mi de Emilie heiratat. Auf de Händ tat i sie umeinandertragen. »O mei!« hat der Kaplan g'sagt. »Wo kemmaten mir da

hin, wenn a jeder macha kannt, was ihn grad freiat.«
»I tua's aber«, hab ich g'sagt und bin auf und davo. Und dann hab i de nächste Loata packt und hab's ans Fenster von der Emilie hing'stellt, glei nach Mitternacht umara halbe oans. Und wia i na drom war, scho fast unterm Dach, is das Fensterl aufganga und da Emilie ihr Muatta hat rausg'schaut, mit ara Nachthaub'n aif, wiar a G'spenst. Und da bin i vor lauter Schreck de Loata nunterg'fallen und lieg jetzt im Krankenhaus.
Der Bürgermeister wui mi unter Denkmalschutz stellen.

## *Der Sängerwettstreit von Pratzenhausen*

Pratzenhausen ist ein Marktflecken zwischen Unter- und Obertriebelsbach. Der Marktflecken hat ein Rathaus, einen Friedhof, einen Kindergarten, eine Brauerei und die Pfarrkirche natürlich, St. Korbinian, nebst einer Ministrantenakademie, aus der die führenden (Schafs-) Köpfe unseres Landes hervorgehen. Auch ein schöner Weiher mit viel Fisch drin ziert unsere Gegend.

Hinter dem Weiher steht das Gasthaus *Zur Goldenen Krone* und davor breiten sich die Wiesen und Felder des Grasererhofes aus. Vom Grasererhof stammt die Venus von Pratzenhausen.

Wegen ihr – der Amalie – gibt es jedes Jahr einen Sängerwettstreit im Gasthaus *Zur Goldenen Krone* oder den *Drei Linden* am Kalvarienberg über dem Pratzenhausener Weiher.

Der Michel Zammerammer ist der Erbe vom Gasthaus *Zur Goldenen Krone* und der Franzl Gsoderer der von de *Drei Linden*.

Und wenn die Amalie ned gewesen wäre, waren sie heut noch die besten Freunde, der Michel und der Franzl.

Fünf Kapellen aus drei Dutzend Ortschaften hammse heuer zum Sängerfest angemeldet. A Ambulanz ist dagestanden und der Doktor Mitterer mit an Hektoliter Jod und drei Kilometer Stacheldraht zum Vernähen der Wunden.

Dabei hat der Michel und der Franzl vor lauter Trainieren noch nicht einmal gemerkt, daß die Amalie weder an den Michel noch an den Franzl mehr denkt, sondern nur noch an den Huifsschuilehrer Bertrand Nirscherl, einem

Menschen der immer noch »Guten Tag« sagt anstatt »Servus«, einem Flüchtling also aus Ostpreußen, wo es ja auch ganz schön ist.
Huifsschuilehrer aber haben es halt immer ein bisserl schwerer im Leben, wenn nicht grad ein Hauptschullehrer früher stirbt als amtlich errechnet.
Nun aber ... und das ist die Hauptschwierigkeit für die Amalie, daß sie nämlich das einzige Kind vom Grashofer und seiner Bäuerin is. Wer soll denn da einmal den Hof übernehmen? Um dieses dreht es sich! Wenn die an Schuilehrer heiratat. Das geht doch nicht, hat sich der Pfarrer denkt. Die kann doch nur den Michel oder den Franzl oder an anderen von dene Lackl heiraten, auch wenn's wega dem Huifsschullehrer a no aso im Mondschein umeinandersaust, dös dumme Luada.
G'sagt aber hat er weiter nix, der Herr Pfarrer. Bloß hat er bei seine Predigten auf oamoi von der Vernunft dahergredt, die man im Leben haben muß, obwohl man manchmal meint, daß es ohne Vernunft aa geht. (Und manchmal geht's ja aa ohne Vernunft, sonst wäre er ja koa Pfarrer worn.)
Aber der Huifsschuilehrer aus Hinterpommern, der Nirscherl Bertrand, der hat sich überhaupt nix denkt, der war froh, daß er unterkommen ist bei uns in Pratzenhausen und daß er nicht in Nowosibirsk hat Kohlen schaufeln müssen oder den ewigen Schnee wegrama.
Dabei wäre die Amalie am liebsten noch einmal in die Schui zum Huifschuilehrer aus Vorder- oder Hinterpommern ganga.
»Richtige Menschen sann's ja ned da droben«, sagte ihr Vater immer, »obwohl man dem Herren Pädagogen äußerlich gar nichts ansiecht. Bloß halt, wenn so ein Mensch das Reden ofangt.« Aber die Amalie natürlich,

wei's ein halbes Jahr bei de Englischen Fräulein in München drin gwesen ist, die versteht den Kerl. Aber wenn er schon was redt, dann verzählt er bloß, daß er sich immer ein Fahrrad kaufen möcht, damit er die Gegend besser kennen lernat.

Aber ned einmal dös ist dem Nirscherl aufg'falln, daß die Amalie – was sie doch früher nie getan hat – jeden Tag die kleinen Kinder über die Straß in d'Schui führt, bloß damit sie den Herrn Pädagogen olacha ko.

»Der Herrgott aber wird es schon recht machen ...« hat sich die Amalie denkt.

Aber auch da kann man sich täuschen bei einem Sängerwettstreit, wenn da ein Weiher in der Näh ist und ein Wirtshaus. Da ist es nicht einmal für den Heiligen Geist so einfach.

Bei so einem Sängerwettstreit wird natürlich g'sungen und tanzt, daß es eine wahre Freude ist. Ja, und dann geht zur rechten Zeit das Licht aus, kommt allmählich der erste Maßkrug herangeflogen, werden die Tische auseinandergerissen und fliegen die Stühle zum Fenster hinaus. Und der Huifschuilehrer fliagt über ein Bierfasserl nüber und blutet wie eine Sau, wenigstens hat es aso ausg'schaut. Und da hat auch schon die Amalie das Weinen angefangen und der Rahmeisel Sepp, der Doktor, den Stopsel aus der Jodflaschen aussazogn, und in seine Nadeln an Draht eig'fadelt. Dann san a scho – auf de Köpf – die ersten Krügerln zerbrochen und hat die Musik einen Tusch nach dem anderen geblasen.

»Hör do mit dei'm Plärrn auf«, hat der Franzl plötzlich die Amalie anplärrt. Da aber hat ihn schon sein Freund, der Michel, an der Gurgl packt und über den Tanzboden g'schleift.

Und da ist es erst richtig losgangen ...

Auf und davon ist die Amalie, zur Tür naus, über die neue Umgehungsstraße hinüber, pfeilgrad in den Weiher hinein, an seiner allertiefsten Stelle (ein Meter achtzig).

Der Huifschuilehrer, der Nirscherl Bertrand, der hat's grad noch gsehn, wie sie zur Tür hinaus is, und da hat er schnell noch den Franzl niedergeboxt und den Michel auch und ist dann naus aus dem Saal und nüber über die Straße und hat den Platscherer noch gehört, mit dem die Amalie ins Wasser gesprungen ist.

Und schon war er auch drin im Weiher und hat nach der Amalie getaucht. Und hat's dann a an de Haar rauszogen und a bisserl künstlich beatmet, und schon hat's d'Augen aufg'schlagen und hat'n og'schaut, den Bertrand, wiara Klapperschlange den Heiligen Antonius.

Und nachher hat er sie no a bisserl abtrocknet und mit drei, vier Busserln, so daß sie bald wieder ganz guat beinander war und die zwei miteinander heimganga sind, unter dem Pfarrer seiner Studierstuben vorbei ... wo noch ein Liacht brennt hat.

## *Der Paradiesvogel von Ampermoching-Friedholzbach*

Eigentlich stammte es ja von Trossenreuth, das Paradiesvögelchen von Ampermoching-Friedholzbach und war auch kein Vögelchen sondern die frühere Dienstmagd Wally Ampermoosinger und spätere Kolonialwarengeschäftsinhaberin Wally Buchheisterer, eine recht wohlhabende und noch einigermaßen appetitliche Witwe, die sich bei den bejahrteren Schürzenjägern der Umgebung eines hohen Ansehens erfreute. Aber wenn so ein hanebüchener Stöckerlkavalier nicht um hundert Mark pro Woche bei ihr einkaufte, hatte er überhaupt keine Chance auf der Liste ihrer Anwärter auch nur andeutungsweise zu figurieren.

Doch selbstverständlich wird er auf das allerliebenswürdigste bedient.

So eine Philosophie spricht sich rum. Und »in so ein Geschäft einzuheiraten wäre ja auch nicht gerade das Allerdümmste«, überlegte sich der eine oder andere Halblebemann aus dem Dorfe.

Und dazu, zu den Halblebemännern, gehörte der ehemalige Dampfschiffahrtskapitän Korbinian Praxentaler, ein guter Fuffziger, der einen Garten besaß und einen Hund, aber keine Frau Gemahlin nicht.

Schad eigentlich für den Mann, denn er hätte eine Frau Gemahlin ganz gut gebrauchen können. So mußte er alles immer selber einkaufen, seine Kartoffeln, gelbe Rüben, seine Hartwurst ... Und er kaufte dies alles auch noch im Genossenschaftsladen ein und nicht bei der angestammten Kramerin, bei unserem Paradiesvögelchen Wally Buchheisterer, weil es da im Genossenschaftsladen, im Konsumverein, billiger war, meinte er, der Trottel! Immerhin aber, sparsam ist er, dachte die Wally.

Man glaubt aber gar nicht, möchte es jedenfalls nicht glauben, wie schwer es in so einem Dorf oder Marktflekken ist, jemanden kennenzulernen, den man schon kennt. Schließlich aber, ein Ausweg findet sich überall.

Und so verschickte die Kramerin, die wohlangesehene Witwe Wally Buchheisterer, ein Sonderangebot für verwöhnte Gaumen, wo von Original argentinischem Corned Beef, Filder-Sauerkraut, Schweins- und Hartwürsten die Rede war, billigst und von bester Provenienz.

Dieses als umfangreiches Rundschreiben aufgemachte Sonderangebot ging aber nur an den ehemaligen Dampfschiffahrtskapitän Korbinian Praxentaler.

Und dann also lag das Paradiesvögelchen auf der Lauer. Es hatte sich schon drei Tage lang hintereinander in aller Frühe gebadet und sorgsam gekämmt und hatte sich ein schneeweißes Bluserl unter einem schneeweißen Arbeitsmantel angezogen und sich Ohrringerl eingehängt und ihren einstigen Ehering verschwinden lassen.

»Die Wally spinnt«, sagte eine von ihren Nachbarinnen.

Die Wally spann aber nicht, sondern wartete bloß.

Und da kam er endlich angetanzt, der ehemalige Dampfschiffahrtskapitän Korbinian Praxentaler. Er schaute vorsichtig über seine Nickelbrille hinweg dem Paradiesvögelchen in die Augen.

»Grüß Gott«, sagte das Paradiesvögelchen. »Grüß Gott Herr Praxentaler«, wiederholte es, das Paradiesvögelchen. »Ich weiß schon, warum Sie kommen.«

»Meinen'S!« meinte der alte Seemann. »I mecht aber gar kein Corned Beef, sondern eine Fridattennudelsuppen, wie gehabt«, meinte er und lachte. Und an dem Lachen erinnerte sich die Wally an den »Korbi«, der einmal, vor urdenklichen Zeiten auf der Wanderschaft bei ihrem Vater als Schlosser gearbeitet hatte, ein paar Monate lang, vor dreißig oder vierzig Jahren, und für den sie immer am Sonntag Fridattennudelsuppen gekocht hatte und auch sonst manchmal. Ja, ein Verhältnis hatte sie halt einmal mit ihm gehabt ... »So ein Tschapperl, und deswegen kauft er jetzt beim Konsumverein ein, ein so ein Tschapperl!«

Und da verfinsterte sich die Sonne draußen. Es tat einen furchtbaren Krach. Ein Donnerwetter sondersgleichen folgte. Es hagelte, duschte, rollte, kilometerlange Blitze zerrissen den Himmel.

Da konnte man ja niemand auf die Straße hinauslassen. Und so setzten sich die zwei in das Stübchen hinter den Laden. Und Wally kochte dann noch spät in der Nacht immer wieder einmal eine Fridattennudelsuppe.

## *Rosl und Stefan*

Stefan war ein junger Mann aus Bayerns Hauptstadt, der in einer Stahl- und Eisenhandlung als Verkäufer und Ausfahrer arbeitete. Er lebte in der Gegend von Fürstenfeldbruck bei einer Bauernfamilie. Zu gern wäre er auch einmal auf das Oktoberfest gegangen.

»Ganz allein?«

»Ja, ganz allein!«

Wenn man wirklich was erleben will muß man ganz allein dahingehen oder zu zweit!

Zu gern also hätte Stefan einmal das Oktoberfest besucht. Die Bierzelte waren schon aufgebaut, die Achterbahn, das Hippodrom.

Überall Fahnenstangen, Girlanden, Schießbuden, die »Haut den Lukas«-Apparate (Warum eigentlich Lukas?). Zwei, drei Tage noch, dann sollte die Eröffnung sein. Mit einem Festzug.

Stefan mochte keine Festzüge.

Also gut. Er war 24 Jahre alt, so alt wie sein Vater gewesen war, als er vom Krieg heimkehrte aus der Gefangenschaft. Kurz darauf verunglückte er. Die Mutter war schon vorher gestorben.

Stefan saß im Vorortszug nach Fürstenfeldbruck und las ein Buch, das sein Vater vom Felde mitgebracht hatte (Wehrmachtsbibliothek Odessa): *Madama Bovary* von Gustave Flaubert. Die Tür zum Abteil ging auf. Rosl Trollinger, die oft dieselbe Strecke fuhr, setzte sich neben ihn.

»Ist es ein gutes Buch?« fragte sie.

»Ja, sehr gut. Aber wenn man wüßte, warum es so gut ist, wäre es nimmer so gut, komischerweise ...«

»Was wäre es dann?«
»Das weiß ich auch nicht.«
»Warum ist aber ein gutes Buch gut, wenn man nicht sagen kann, warum?« fragte die Rosl ganz folgerichtig.
»Ja, weil es eben gut ist.«
Rosl lachte. »Es muß ja gut sein, wenn du es liest«, meinte sie, »oder ›Sie‹ natürlich, Verzeihung!«
Stefan wurde rot, wagte es aber nicht, Rosl um das versehentliche »Du« zu bitten.
Rosl war die rechte Hand ihres Vaters. Eine tüchtige Person, diese Rosl. Sie fuhr ihren Vater an dessen Baustellen in dessen uraltem Opel. Stefan fuhr auch in einem alten Opel, aber mit einem Dreitonner, oft wenigstens, wenn er Drillbohrer, Nägel, Hämmer, Sägeplätter, Ambosse, Zierleisten, Eisenlack oder weiß der Teufel was irgendwohin abzuliefern hatte. Einmal bei einem Gewitter hatte Stefan Rosels Wagen am Andechser Berg einen Graben heraufgezogen. Weshalb er von ihrem Vater dann zum Oktoberfest eingeladen worden war. Und die Rosl hatte ihren Vater schon zweimal daran erinnert.
»Aber es pressiert doch nicht«, hatte er gemeint. Rosl war darüber ein bißchen verärgert.
Stefan legte sein Buch weg und Rosl erzählte irgend etwas von Volt und Ampère, dem Unterschied zwischen Spannung und Stromstärke, die entscheidend sei für das Funktionieren eines E-Werkes: »Du bist auch so ein E-Werk«, versuchte Stefan zu scherzen, aber die Rosi verstand ihn schon und errötete ein ganz klein bißchen.
Kurz vor Beginn des Oktoberfestes trafen sich die beiden, Stefan und Rosl, zufällig in der Neuhauserstraße in München. Stefan sagte, daß er sich einen Anzug kaufen wolle. Ob sie mitginge?
»Freilich«, sagte die Rosl.

Und schon standen sie vor der Türe eines Kaufhauses.
»Die Herrschaften wünschen?«
»Herrschaften«, dachte Stefan. »Hm, Herrschaften«.
»Einen Anzug.«
»Erster Stock links!«
Drei, vier Verkäufer kamen herangeschossen, junge Männer in Stefans Alter. Alle verbeugten sich. Stefan auch.
Einer von den jungen Verkäufern wies auf einen, wie er sagte, eleganten Zweireiher – gerade hereingekommen, beste Verarbeitung.
»Wollen gnä' Frau einmal fühlen?«
Anzug um Anzug türmte sich.
»Darf es etwas Kariertes sein?«
»Nein!« sagte Stefan, »Schwarz oder dunkelgrau, festes Tuch, einreihig, zwei Taschen außen, eine Innentasche, Hose ohne Bund, Ärmel ohne Aufschlag. Als Grundriß«, meinte Stefan und hoffte, eine geistvolle Bemerkung gemacht zu haben.
Der Verkäufer lächelte höflich.
»Den«, sagte Rosl und zeigte auf einen Anzug mit einer grauen Paspel an der Weste.
»Probieren«, sagte Rosl.
»Schick«, meinte sie, als Stefan wiederkam.
»Wollen Sie den Anzug gleich anziehen?«
»Was kostet er denn überhaupt?«
Der Verkäufer nannte eine Summe. Stefan besaß um zwei Mark zu wenig.
»Zu teuer!« sagte er.
»Was fehlt denn?« fragte Rosl.
»Zwei Mark!«
»Die nehme ich einstweilen aus der Haushaltungskasse!« bemerkte Rosl unverfroren.

»Darf ich den Anzug einpacken?«
»Natürlich«, sagte Rosl, »oder willst du ihn gleich anziehen?«
»Jetzt?«
»Ja!«
»Soll ich?«
»Wie Sie wünschen!« sagte der Verkäufer. »Können wir noch mit was anderem dienen? Hemden, Krawatten, ein Mantel?«
»Danke«, sagte Rosl und schob Stefan vorwärts.
Die Sonne kam aus den Wolken heraus. Ein klarer, strahlender Herbsttag.
Nebeneinander spazierten sie dann die Neuhauserstraße hinunter, blieben vor einem Schaufenster stehen, tauschten Bemerkungen aus, heitere Bemerkungen, lustige, übermütige. Keine ohne Bezug auf das Wohlgefühl des Nebeneinanderschreitens. Und Stefan genoß vor allem das wunderbare »Du« der Rosl, das gerade noch wunderbare – jetzt siezte sie ihn schon wieder!
Sie kamen vor ein Kaffeehaus.
»Wollen wir hineingehen?«
Und sie gingen hinein, setzten sich an ein Ecktischlein und kamen sich vor – Stefan wenigstens – wie richtige Gäste.
»Sagen wir doch Du zueinander«, würgte er plötzlich hervor. »Wir sagen doch schon Du«, meinte sie und drückte ihm ein ganz klein bißchen die Hand. »Ich habe heute sowieso meinen Namenstag!«
»Nun müssen wir aber gehen«, meinte die Rosl, nachdem sie fast eine halbe Stunde lang beinahe stumm nebeneinander gesessen hatten und immer ein ganz klein bißchen näher zueinanderrückten.
»Um halb acht Uhr dann, oben auf der Bavaria«, sagte

Rosl. »Jetzt muß ich meinen Vater noch heimfahren. Aber ich bin bestimmt pünktlich wieder zurück.«
»Gut«
»Zahlen«, rief Stefan. Rosl aber wehrte ab. Sie zahlte, wie man es oft bei älteren Eheleuten findet.
Und nun war Stefan wieder allein. Er ging durch die Stadt, dem Englischen Garten zu. Da und dort blieb er stehen. Nebel wischte durch die Straßen. Riesengroß standen die Bäume.
Halb acht Uhr war es endlich. Stefan stand vor der Bavaria und schaute die Stufen hinauf. Jetzt mußte die Rosl ja bald kommen. Ist das die Rosl, dort – überall trafen sich Paare. Stefan machte manchmal ein paar eilige Schritte ... immer aber war es eine andere.
Vielleicht stand Rosl oben, unter der Ruhmeshalle?
Halb neun Uhr wurde es.
Dreiviertel neun. Und noch immer keine Rosl! Wartete Rosl woanders?
Zwei volle Stunden quälte sich Stefan, dann ging er zum Bahnhof und fuhr zurück nach Fürstenfeldbruck.
Dunkel war es. Der Zug pfiff ab. Stefan blieb auf der Plattform.
»Das Wetter schlägt um«, sagte ein Bauer.
»Ja«, sagte Stefan.
»Endstation ... alles aussteigen!«
Stefan ging den langen Weg den Wald hinauf. Es schien ihm, als ob er eine Schlucht durchwanderte. Noch nie war ihm der Heimweg so endlos lang erschienen.
Anderntags kam ein Telegramm von Rosl: »Konnte nicht kommen, Vater Fuß gebrochen.«
Nachmittags, am Sonntagnachmittag, ging Stefan langsam über die abgemähten Wiesen und den langen Saum der Äcker entlang.

Und da sah er die Rosl ihm entgegenkommen.

»Ich möchte mich entschuldigen«, sagte sie, als sie ihm die Hand gab. »Du brauchst dich doch nicht entschuldigen. Wie geht es deinem Vater?«

»Einen schönen Gruß soll ich dir sagen. Wir sollen halt allein auf das Oktobefest gehen.« Da lachte Rosl plötzlich.

»Warum lachst du denn?«

»Wir wären ja sowieso allein gegangen«, sagte sie und gab Stefan einen schallenden Kuß. »Eifersüchtig ist er halt, mein Papa!«

»Ich bin aber auch eifersüchtig«, sagte Stefan und gab der lieben Rosi ihren Kuß zurück.

»Wie schnell es jetzt dunkel wird«, sagte Rosl.

Und das stimmte auch.

## *Der Professor Siwankel und die Therese Brandmaier*

»Erkläre mit Graf Orindur diesen Zwiespalt der Natur«, sagte sich der Professor Siwankel, als er seine Haushälterin, die Therese Brandmaier, wieder einmal betrachtete, diese weitum anerkannte Schönheit, die kraft der Vorzüge ihrer äußeren Hülle (nicht zu mager, nicht zu fett) den Ehrgeiz hegte, ihren Herrn bei passender Gelegenheit auf's Kreuz zu legen.
Aber so einfach war das gar nicht, allein schon nicht wegen der geradezu altmeisterlichen Intelligenz ihres Herrn und seiner Kenntnis der weiblichen Psyche. Und als hervorragender, vielfach ausgezeichneter Gelehrter hatte er auch sonst noch weltmännische Erfahrungen.
Immerhin aber genoß es Theresia Brandmaier, wenn sich ihr Professor bei offener Badezimmertür ontologisch über die Schönheit ihres Rückens orientierte und sich dabei seine Lippen leckte.
Derartige Erlebnisse jedenfalls ließ Theresia bei irgendeinem Plausch mit ihrer Nachbarin, der Gemüsehändlerin Zirlbergler, ohne weiteres durchblicken.
Die beiden Damen entwickelten dabei – wie jeder General oder bessere Unteroffiziere hätte neidlos anerkennen müssen – Theoreme über die Vorteile des hinhaltenden Widerstandes, beziehungsweise von scharfen Attacken (Apfelstrudel mit Rahm, Quark oder Rosinen).
Es war auch viel von den Schülerinnen des Professors die Rede, seinen musikalischen Veranstaltungen (L'après-midi d'un Faun), wobei er, der Professor, immer den Auftrag gab, nur echte Rosen, richtig duftende, in Vasen von weißem Porzellan zu plazieren.

»Keine Papierbesen«, wie er sich ausdrückte.
Und da war wieder einmal so ein Musiknachmittag im hyazinthenduftenden Junggesellenbungalow, als der Professor mit seiner neuen Chefassistentin erschien, mit einer, in der Theresia Brandmaier sofort die Rivalin erkannte. Nita Haussi hieß sie.
Sie schmachtete den Professor derart an, daß selbst der Theresa, wie sie ihrer Nachbarin der Zirlbergler anvertraute, Hören und Sehen verging. »Alles was recht ist«, ließ sie sich vernehmen. »Wenn der auf die hereinfällt, dann ist ihm nicht mehr zu helfen ... wirklich nicht ... nein, nein nein ...!«
»Du mußt jetzt auf das Ganze gehen«, sagte Theresias Freundin Zirlbergler mit kollegialem Lächeln, denn so hatte sie seinerzeit auch gerade noch im letzten Augenblick ihren Alois ergattert. Sonst nämlich hätte er eine Beamtenwitwe mit drei Kindern geheiratet, eine richtige Schneegans, so eine, die wahrscheinlich vierhändig auf zwei Klavieren spielt ...
Theresia eilte ins Haus zurück, schleppte die duftendsten Rosen ins Schlafzimmer ihres Herrn, legte feinste Bettwäsche auf und bekleidete sich selber mit gut arrangierter Unterwäsche (nur für Kenner). Dann holte sie sich noch die Memoiren der Ninon de Lenclos aus dem obersten Bücherfach ihres Herrn und ließ sich genüßlich auf das Ruhelager nieder.
Endlich hatten die Schüler und Schülerinnen das Haus verlassen ... nur – um Gotteswillen – der Professor führte die Nita Haussi händchenküssend durch den Garten ... ja so ein Esel!
Theresia raffte ihre Unterwäsche zusammen, schmiß die Rosen in die Ecke. Dann packte sie auch gleich ihren Koffer und verfaßte ein Kündigungsschreiben.

»Herrlich hast du es hier«, bemerkte die Nita etwas später, strich das Linnen glatt und ließ sich in das frischbezogene Bettchen gleiten.

## *Die zwiefachen Zwillinge*

Her zog ihn, den Skikönig von Obermirlsbach, ins Gasthaus zur Post, kein Herzog, sondern eher eine Herzogin, die Preisskimaid von Oberangelshofen, die Luise Doberatscher, genannt Lulla.

Die Lulla war außer einer hervorragenden Abfahrtsläuferin mit ihrer Schwester zusammen die Wirtin des Gasthauses zur Post in Oberangelshofen. Die Schwester hieß Frieda. Sie hatte einen verkehrten Bräutigam, den Korbinian Kratzerle.

Der Korbinian Kratzerle war seines Zeichens Fuhrunternehmer. Er fuhr die Fremden in der Gegend herum und log dabei das Blaue vom Himmel herunter. Zum Beispiel behauptete er, daß Napoleon Bonaparte nach der Völkerschlacht bei Leipzig in Oberangelshofen zum Beichten gangen ist und danach in der Post noch Würsteln gessen hat, Kalbsbratwürstl, die es dort heute noch gibt. Ein paar Dutzend davon hat er sich auch noch für sein Hauptquartier einwickeln lassen, behauptete der Korbinian Kratzerle in verhältnismäßig tadellosem Hochdeutsch und vergaß auch nie, so beiläufig darauf hinzuweisen, daß seine Braut die Frieda, die blondere der zwei Schwestern des Gasthofs zur Post wäre. Ein Gasthof, in dem auch schon Generalfeldmarschall Hindenburg auf der Hirschjagd zu seiner vollen Zufriedenheit verweilt habe.

Nun waren die Eltern der Frieda und der Lulla bei einem Lawinenunglück ums Leben gekommen. »Anert, anert, anert«, sagte damals der Korbinian Kratzerle, was soviel heißt wie: »Leider, leider, leider!«

Er hatte sich dann bemüht, den jungen Frauen möglichst

viele Gäste zuzukarren, und so war er eben mit der Frieda in nähere Beziehungen gekommen, zu einer Art Freundschaft, oder sagen wir Vertrauensverhältnis, eines erfahrenen etwa dreißigjährigen Mannes zu einer etwa zwanzigjährigen – wie man bei uns etwas altertümelnd sagt – Frauensperson. Im Dorf freilich sprach man, was das Gasthaus zur Post anbelangte, von einer Trabrennbahn, also einem Tummelplatz für die angehenden Bräutigame der Zwillingsschwestern Frieda und Lulla Doberatscher.

Korbinian Kratzerle hielt sich selbstverständlich für den Bräutigam der Frieda Doberatscher und begann deshalb klammheimlich – um auch sportlich an Reputation zu gewinnen – Langlauf zu trainieren ... abends natürlich und nachts, weil er tagsüber keine Zeit dazu hatte.

Es schwebte ihm der Sieg in einer Langlaufmeisterschaft vor, ein Seniorenhalleluja, wie er es nannte. Und wenn er dann verheiratet wäre, so plante er eine Langlaufloipe anzulegen, eine Sauna plus Schwimmbecken und eventuell eine Reithalle zu »erstellen«, wie er sich ausdrückte.

Weder Frieda aber noch die Lulla waren von seinen »Ideen« begeistert.

»Schad«, meinte Lulla, »daß nicht eine von uns ein Mannsbild ist, dann könnten uns die Deppen ... du weißt schon was. So aber, mit dem Korbinian, dem Kratzerle, dem spinneten, mit seinem Napoleon und seiner Langlaufloipe, daß uns die einheimischen Gäst ganz wegbleiben ... Da muaß a anderer Bräutigam her, dös sixt doch ein, Frieda«, sagte Lulla zu ihrer Schwester.

Und ob die das einsah. Sie hätte auch schon auf einen anderen Bräutigam gespitzt, aber auf den spitzte auch die Lulla. Und zwar wäre es der Wagner Heini gewesen, der

Skikönig von Obermirlsbach, oder sein Bruder, der Michel (die zwei kannte sie eben nie auseinander). Der eine war Schlosser, der andere Schreiner in der Hafeler Mühle, gleich unterhalb des Gasthauses zur Post. Von einer Wirtschaft verstanden sie zwar nix, aber das brauchte es ja auch nicht. Und Skifahrer waren sie a sowieso. Und Gäst hätten's a herbracht, z'vui wahrscheinlich sogar!

Seit sie nun aber einen Abfahrtslauf nach dem andern gewannen, und zwar abwechselnd, einmal der Heini und das andermal der Michel – gerade als ob sie es ausgemacht hätten –, war mit dene Kerl, wegen ihrem Konditionstraining, nichts mehr zu machen (Busserln verboten). Trainieren und trainieren, hieß es bei ihnen.

Endlich aber – es hat lang braucht – kam der liebe Gott den beiden Mädchen zuhilfe, und zwar dadurch, daß der eine von den beiden mittlerweile berühmt gewordenen Abfahrtsläufern sich auf der »Kandahar« den einen Fuß brach und der andere auf der »Streif« den anderen. Gerade wieder, als ob sie es so ausgemacht hätten. Aber sie waren halt Zwillinge. Und zwar gleich solcherne, daß weder die Lulla noch die Frieda jeweils so ganz genau wußten, ob sie es nun mit dem Heini oder mit dem Michel zu tun hatten.

Nicht anders erging es den Zwillingsbrüdern mit den Zwillingsschwestern ... und sogar dem Korbinian, dem Trottel, der jedesmal, wenn er die Frieda traf, fragte, ob sie wirklich die Frieda sei und nicht die Lulla. Da soll ein junges Mädchen dann nicht in die Luft gehen! Eines Tages haute sie dem Korbinian eine so fürchterliche Watschen herunter, daß er taumelte, worauf sie, die Frieda, behauptete, die Lulla zu sein.

Deswegen lauerte dann der Korbinian der Lulla auf, der Armen, die oft noch spät am Abend in der Küche zu tun hatte, und stellte sie, wegen der – wie er behauptete – von ihr empfangenen Ohrfeige zur Rede. Daraufhin bekam er noch eine geknallt, und zwar diesmal wirklich von der Lulla, eine ganz gehörige original Hochgebirgs-Maulschelle von der Hand einer trainierten »Halb-Weltmeisterin« im Abfahrtslauf.

Das ganze Gasthaus zur Post geriet darüber in Aufruhr, sogar der uralte Hausknecht, der Oskar Haubenbuchler, schlurfte herbei und verzog seinen zahnlosen Mund von einem Ende zum anderen. Die Pferde wieherten und auch die Frieda wippte frohgemut heran. »Ja, ja«, triumphierte sie. »Die Watschen waren ja von mir, nicht von der Lulla, du blinder Hecht.« Und batsch, bumm, fühlte er sich schon wieder hart ans Kinn getroffen.

Jetzt aber kannte der Korbinian keine Rücksicht mehr. Er holte die Fuhrmannspeitsche vom Bock seines Touristenfuhrunternehmungsschlittens, knallte ein paarmal wie ein Elefantendompteur in die Luft und schritt dann mit weit vorgeschobenem Kinn auf die ganze Bagage zu, auf die Saubande, die windige ... Aber da kam schon der Skikönig von Obermirlsbach, der Heini, daher und sein Bruder, der Michel. Sie entwaffneten den blindwütigen Korbinian Kratzerle mit Brachialgewalt, obgleich sie noch, der eine den linken, der andere den rechten Fuß im Gipsverband stecken hatten, und boten nach der Schlacht dem Korbinian Kratzerle drei Maß Muttergotesmärzen aus der Exportbrauerei von Oberschmirgelsbach an, außerdem den Posten als Schankkellner zur Kirchweih und drei anderen Feiertagen.

»Vier Maß«, sagte der. Und so wurde der Friede auf Erden wieder hergestellt.

Und auch den beiden Damen lagen keine Hindernisse mehr im Wege. Sie einigten sich sozusagen blindlings auf den einen oder anderen, auf den Heini oder den Michel, die aber, ihrerseits, die beiden Damen, wie bei der Fleischbeschau mit einem amtlichen Stempel versahen, die eine am linken, die andere am rechten Oberschenkel. Und die Lulla machte sich auch noch ein Geheimzeichen an ihrem Michel … für alle Fälle.

## *Das Kamel und die Kameliendame*

»Das Kamel und die Kameliendame« wäre ein sehr schöner Titel, nur trifft er auf unsere Geschichte nicht ganz zu. Zwar ist das Kamel in unserer Geschichte auch ein Mann, die Kameliendame aber keine tragische Opernfigur, sondern die Spitzensportlerin Ingeborg Holzschuhmacher, die mit dem Schlittschuhweltmeister Ignaz Sauserer verheiratet ist.

Die Ehe der Schlittschuhweltmeister im Paarlaufen war, wie es sich gehört, friedlich und freundlich und selbstverständlich engstens mit dem Eislaufsport verbunden, das heißt mit Trainieren und Trainieren. Kinder gab es da also keine.

»Die kannst du dir ja woanders arbeiten lassen«, erklärte die – wir nennen sie der Einfachheit halber »Kameliendame«, ohne auch nur mit einer ihrer schönen langen Wimpern zu zucken.

Das »Woanders arbeiten lassen« ist aber leichter gesagt als getan. Ignaz Sauserer inserierte schließlich im Isartaler Dampfboten »Junge Dame ohne Anhang, wird zum 20. April, zur Zeugung eines Kindes (Attila oder Kunigunde) von guterzogenem Sportsmann (Intelligenzquotient 133,5) gesucht. Spesen werden vergütet. Vermittlung ausgeschlossen.«

Es meldeten sich 13 junge Frauen, von denen der Weltmeister durch Stichwahl eine gewisse Ottilie Sanftgut auserkor. Ignaz Sauserers Eheweib und Sportpartnerin, die »Kameliendame«, beglückwünschte ihn zu dieser Wahl und ließ ihn noch in ihrem Schullesebuch für reifere Mädchen nachlesen, wie sich ein junger Mann bei nachwuchserregenden Prozeduren zu verhalten habe

(einfühlend und vor allem nichts überstürzend).
Leider vermochte sich die »Kameliendame« nicht selber ihrem Mann zur Verfügung zu stellen, denn sie trainierte gerade auf den vierfachen Rittberger (eine Art Salto auf dem Eise, wie ich mir habe sagen lassen), was eine Schwangerschaft absolut ausschließt. Das mußte ihr Mann, das Kamel, doch einsehen. Und das sah er ja auch ein.
Außerdem war die »Kameliendame« die Tochter eines Facharztes für Frakturen und bezog diesbezügliche Provisionen, beziehungsweise Anerkennungsgebühren, als Zuschlag zu ihrem Haushaltungsgeld. Das macht pro Saison bei mindestens 5000 gesprungenen Rittbergers an die 500 Schädelbrüche und andere Frakturen aus. Gott mit uns! Neuerdings gibt es Vereine, in denen man erst nach der dritten Fraktur Mitglied werden kann. Es sind dies Veteranenklubs mit großem gesellschaftlichem Ansehen.
Ottilie Sanftgut, die das Inserat des Ignaz Sauserers gelesen hatte, arbeitete als Sekretärin im Berufsverband gegen den Freiluftsport, einer Vereinigung der Kino- und Kaffehausbesitzer und auch der Schachvereine. Der Musterspieler eines solchen Schachvereins machte der Ottilie Sanftgut den Hof. Kurt hieß er, Kurt Machschatt, ein stürmischer Jüngling, der aber das Risiko des Kinderkriegens für eine Frau so hoch einschätzte, daß es nicht zu verantworten sei. Starben doch, seiner Meinung nach, bis tief in die Neuzeit hinein die Hälfte aller Frauen (und noch viel mehr) an Geburtenmißbrauch. »Mindestens«, fügte Kurt Machschatt seinen Ausführungen regelmäßig hinzu.
Der Ottilie nun waren solche Hemmungen beziehungsweise negativen Kalkulationen ausgesprochen – wie es in

Bayern heißt – wurscht. Sie wollte unter allen Umständen ein Kind, oder zwei. Der Vater interessierte sie weiter nicht, das Vergnügen beim Kinderkriegen auch nicht, sondern – wie sie sich als moderne Frau auszudrücken beliebte – bei ihr zählten nur Fakten. So fand sie eben das Angebot des Eiskunstweltmeisters im Paarlaufen gerade passend. Auch der Termin sagte ihr zu ... ein Donnerstag, wo sie von ihrem Berufsverband immer schon am Spätnachmittag nach Hause ging.
Ihr Freund, der Kurt, freilich! Nun ja, das würde sich schon geben, dachte Ottilie Sanftgut, ging zum Arzt und ließ sich auf ihre Konzeptionsfähigkeit hin untersuchen, worauf sie dann, nach positivem Bescheid, dem Weltmeister im Eiskunstpaarlauf ihr Einverständnis telegrafierte und um eine kurze Vorbesprechung bat.
»O.k.« ließ sich der trainierte Sportsmann vernehmen und verabredete telefonisch einen Termin mit der Ottilie Sanftgut.
Da war es ihm gerade, als ob er mit seiner Frau gesprochen hätte, dieselbe Stimme. Und dann bei der Besprechung im Schalterraum des Postamtes I, in diesem wunderbaren Bau gegenüber der Staatsoper in München, stellte sich heraus, daß die Ottilie oder Otti, wie der Ignaz Sauserer die zukünftige Mutter seines Attilas oder seiner Kunigunde jetzt schon nannte, dieselbe Figur wie seine Angetraute hatte und dieselben energischen Bewegungen. Alles wie gewohnt!
Als Anzahlung auf seinen Sohn oder seine Tochter überreichte Ignaz der Otti einen Scheck über 4000 Mark, wofür er dann auch noch einen leidenschaftlichen Kuß einheimste.
Man einigte sich tatsächlich auf den 20. April und auf eine kleine Nachfeier bei einer Flasche Schampus. Denn,

wie Ignaz und die Otti fanden, sollte bei so einem Arrangement auch noch das Gemüt zu seinem Recht kommen. Und dann wartete man eben und traf sich während der Trainingspausen dann und wann zu einem kleinen Abendessen.

Nur der Kurt, der machte der Otti auf einmal Schwierigkeiten. Er behauptete, er nehme extra schon seit Monaten die Männerpille und jetzt? So etwas! Das könne doch nicht mit rechten Dingen zugehen. Es ginge ihm jedenfalls zu weit.

»Ja, mein Gott«, sagte die Ottilie. »Ich kann es ja auch nicht ändern.«

»Dann müssen wir eben doch heiraten«, meinte der gute Kurt.

Otti schüttelte den Kopf. Es gefiel ihr jetzt viel besser beim Weltmeister im Paarlaufen, dessen Frau sich von ihm scheiden lassen wollte, weil er ihr Tempo nicht mehr mithalten könne und weil sie gerade einen jungen Schachspieler, einen gewissen Kurt Machschatt, trainiere ...

Die Geschichte ist zwar unwahrscheinlich, aber sie kann heutzutage jedem passieren.

## *Der Cicisbeo*

Im Handwörterbuch für Sitten und Gebräuche heißt es unter »Cicisbeo« ganz schlicht und einfach: »Ehemann vom Dienst«. Ein Cicisbeo ist der Ehemann vom Dienst, Sprechstunden nach Vereinbarung.

Amalie Hagelherz hatte sich, obwohl sie überhaupt nicht verheiratet war, vom Städtischen Wohlfahrtsamt (Abteilung Liebe, Glück) einen Cicisbeo zuteilen lassen, einen prächtigen jungen Mann mit blauen Augen und grünem Hütchen auf. Wegen eines Todesfalls war er plötzlich freigeworden und konnte so vom Wohlfahrtsamt immediatement neu verpflichtet werden.

Die Adresse der jungen Dame in der Hand, kam der Jüngling durch heitere, freundliche Straßen zu einem hellocker oder auch etwas postgelb angestrichenen Häuschen in leichtem Empirestil, das in jeder Hinsicht zu Flitterwochen einlud. Die Wände klingelten geradezu vor Helle, Übermut und Freude.

Nach dreimaligem »Drücklein auf den Knopf« öffneten sich mehrere in die Hauswand eingelassene Klappen, aus denen feine Musik erklang, Haydn, Dittersdorf oder sowas, wagnerisch untermalt. (Auch klickte es ein paarmal, gerade, als ob fotografiert würde oder wurde oder worden war.) Und dann erst öffnete sich die Pforte, eine hellgrüne, mit Weiß abgesetzte barockisierte Türe aus Lindenholz wahrscheinlich oder Nußbaum, und eine junge Dame mit ungeheuer beseeltem Gesichtsausdruck und kostbar gepflegtem Haar fragte ganz sachlich: »Sie wünschen?«

Nach einigem verhältnismäßig spaßigen Hin und Her, das von Seiten des jungen Mannes nicht ganz ohne Verlegenheit abging, gelang es ihm, anstelle eines Ausweises des Wohlfahrtsamtes so etwas wie ein Empfehlungsschreiben vorzuweisen, das Zeugnis einer Höheren Schule über seine Befähigung zum Studium der Mathematik oder ähnliches.

»Nun ja, kommen Sie nur herein und zeigen Sie, was Sie können«, sagte das holdselige Geschöpf.

»Allmächtiger Gott«, dachte unser gewiß nicht prüder Jonathan Glockenhall und geriet in Begeisterung über den wunderbaren Anblick der jungen Dame – ihren schwebenden Gang, die Hüften, die Schultern, Hände, den geradezu absichtslosen Schnitt ihres Kleides, weiß mit einem Gürtelchen von sarazenisch komplizierter Einfachheit.

»Was sind Sie denn von Beruf?« fragte Amalie, während er seinen Sommerpaletot sanft auf ein gepolstertes Bänkchen gleiten ließ, auf hellblauesten Damast.

Fast errötend bekannte Jonathan Glockenhall, daß er Kapellmeister sei, erster Kapellmeister der Konzertvereinigung »Frohe Harfe«, dann betreibe er noch gewerbsmäßigen Sport und verkaufe literarisch einwandfreie Überschriften an die Tagespresse.

»Zum Beispiel?« fragte ihn die gewiß nicht reizlose junge Dame Amalie Hagelherz und lächelte liebreizend.

»Das Maiglöckerl von Sterzing«, bekannte der Abgesandte des Wohlfahrtsamtes.

»Und?«

»Der Appetit auf die Todsünde«, frivolisierte er seine Überschriften ein bißchen.

Die Unterhaltung der beiden jungen Menschen nahm zusehends an Wärme zu.

Und als die junge Dame dann in wunderbare zarte Schalen rabenschwarzen Kaffee einschenkte, so daß sich die

Haut der in Feuer verfestigten Porzellanerde geradezu erregt dunkler färbte, und draußen vor dem Fenster die Sonne in Stufen tiefer und tiefer sank, und als vom Garten her ein feiner Duft von sagen wir Flieder in die hohen Räume eindrang, erwachten in Jonathan seine ihm angeborenen Kavaliersinstinkte, und er küßte der Dame den Rücken des Mittelfingers ihrer rechten Hand. Wofür er in der Tat ein entzückendes Lächeln erntete.

Diese Art der Verzauberung ging nach freier Vereinbarung Stunde für Stunde, Tag für Tag mindestens eine Woche lang dahin ..., und dann meinte die Amalie, ob es nicht endlich an der Zeit wäre, zur Sache zu schreiten.

Mein Gott, das wollte er ja. Und da fragte ihn die junge Dame zärtlich unverhohlen, ob er sich überhaupt die Zähne geputzt habe ..., und rasiert sei er wohl auch nicht besonders. Jetzt aber pfiff unser Jonathan auf jede Ökologie der Liebe. Er hob das liebliche Mädchen auf seinen Schoß und vertiefte sich in Amaliens Dekolleté, bis er schließlich daraufkam, daß es unter seiner seidenen Hülle nur so barst.

Nach der Rechtslage war er ihr – der Jonathan – nur zwei Stunden täglich vom Wohlfahrtsamt zur Verfügung gestellt. Skrupellos aber blieb er jetzt gleich zwei ganze Tage lang, oder mindestens 3 Stunden, bei der tatsächlich in jeder Beziehung großartigen Dame und unterschrieb bedenkenlos die Heiratspapiere, die sie ihm eines Tages zwischen zwei feurigen Küssen vorlegte.

Bei ihrem vorherigen Liebhaber beziehungsweise Ehemann hatte sie es genauso gemacht, der war aber schon nach einem halben Jahr ihres gemeinsamen Lebens an Auszehrung gestorben. Was wir aber für Jonathan nicht hoffen wollen.

## *Die Sphinx*

»Als Alexander der Große in Ägypten zum ersten Mal vor der Sphinx stand, dachte er sich: ›Ja, so san's.‹ Und auch der Napoleon Bonaparte hat sich gleich an seine Josephine Beauharnais erinnert«, behauptete unverhältnismäßig geistvoll Josef Leitersberger, der Führer einer kleinen Reisegesellschaft (»Nilreisen«) vom Rücken eines Kamels herunter.

Bei diesem Besichtigungsrundritt befand sich auch eine junge Dame aus der Kazmairstraße in München, und die hieß ebenfalls Josephine und warfen – wegen seines Ausspruchs – dem Reiseleiter einen mißbilligenden Blick zu. (Schließlich hätte sich der g'scherte Kerl ja über ihren Vornamen vorher erkundigen können, giftete sich die Josephine. Was tät denn er sagen, wenn man ihn Adolf heißen täte, diesen Nero!)

Beeindruckt aber muß er ihre Tochter doch haben, überlegte sich die Mutter von der Josephine, weil sie wegen der Madam Beauharnais gar a so fuchsteufelswild war.

Sie jedenfalls, die Mutter von der Josephine, hatte eine weit bessere Meinung von dem jungen Mann, weil sie hintenherum erfahren hatte, daß er ein festes Monatseinkommen von 3000 Mark bezog.

Und außerdem zeichnete er sich älteren Herrschaften gegenüber durch besondere Liebenswürdigkeiten aus, bückte sich nach jedem Taschentuch, nach jedem Stranitzerl und schleppte mitten in der Wüste gegen die Hitz Regenschirme herbei.

Gelegentlich also kam sie mit ihrer Tochter auf den jungen Mann, der sicherlich im Wesen des jungen Mädchens den frischen Zug entdeckte hatte, zu sprechen.

»Und pekuniär da feit se fei nix«, meinte sie, die Mutter, und zwar immer wieder gelegentlich einmal.
»Ja mir gangst«, erklärte da die Tochter. »Das ist ein Lackl! Wie der über de Madame de Beauharnais dahergeredet hat, das ist eine Gemeinheit. Was die Frau hat alles aushalten müssen ... für nix und wieder nix. Aber so san's de Männer. Und da soit ma heiraten! Mir waar's ja gnua' Kinder in die Welt setzen, damit's Kriag führen können. Sonst wissen's so ned, was toa soin. Daschossen gehören die Kerl überhaupt!«
Dennoch versuchte Josephines Mutter, während dieser langen Gesellschaftsreise »Auf geht's in die Wuidnis« ihrer Tochter immer wieder einzutrichtern: »Es muß ja nicht grad der Herr Leitersberger sei. Aber Zeit is zum Heiraten, sonst verpaßt d'as. Das Leben ist nicht so einfach. Warum fahr i denn mit dir überall umanand?«
Dieses Gesprächsthema ging also so eine Zeitlang hin und her. Bei den anderen Mitreisenden der »Querdurch-Ägypten-Fahrt« war die Cheopspyramide und die Sphinx bald vergessen, nicht aber bei der Josephine, die immer noch ein finsteres Gesicht vor sich hinmachte, sobald sie den Josef Leitersberger überhaupt nur sah.
Und langsam ging dem auch ein Licht auf, begriff er warum die Josephine Hornberger, aso bös auf ihn war. Wie Schuppen fiel es ihm von den Augen – wegen dem Napoleon seiner Josephine natürlich.
»O mei, o mei, o mei! Na sowas na!« sagte sich der Leitersberger Josef, und da ihm die junge Dame bayerischer Abstammung schon sehr gut gefiel, fand er es an der Zeit, dem Gedanken an einer Familiengründung näherzutreten. So entschloß er sich, diesbezüglich eine Unterredung herbeizuführen.
Bei der Besichtigung, der – wie er es nannte – Kathedra-

len von Luxor pirschte er sich an die junge Dame bayerischer Abstammung heran und sagte: »Warum san's ma denn gar aso bös, holdselige Josephine?«
Hui! Jetzt hätte er bald ein Ohrfeigen bezogen, so funkelte ihn das Mädchen an, die junge Dame.
»Mein Gott, ich weiß schon«, erklärte er. »Wegen der Madame de Beauharnais. Ihre Mutter hat mir's schon gesteckt ... es tut mir ja auch fürchterlich leid. Und so schlimm hab ich's ja auch wieder nicht gemeint. Die war ja auch nur ein armes Hascherl ... ein liebes natürlich«, korrigierte er sich rasch, als über Josephines Züge schon wieder ein Schatten gezogen war. »Also, san's ma halt ned gar aso bös«, meinte er und brachte dann sogar ein dreiviertel ernstgemeintes schmeichlerisches Handküßchen dar.
Sie sehen also, die Geschichte ist auf gutem Weg.

## *Aufzeichnungen des Anton Zacherls, wie er nach Wien gefahren ist, so jung an Jahren, unerfahren, und es aber nicht wußte*

(Erwischt von seinem Vater und nach Schreibfehlern korrigiert)

Warum ich dieses schreibe, weiß ich selber nicht, aber das weiß man sowieso niemals, auch nicht, wenn es einem extra angeschafft worden ist.
Also, ich wollte schon immer auf Wien hinunterfahren, aber jedesmal hat mein Vater gesagt, ich wäre noch zu klein! Allerweil wäre ich wieder zu klein gewesen. Und da ist es mir zu dumm geworden. Da bin ich also fort, mitten in der Nacht. Er hat es aber doch gespannt gehabt und ist hereingekommen in mein Zimmer. Z'erscht hab ich gemeint, er haut mir ein paar herunter, aber er hat mir keine heruntergehauen, sondern mir zehn Markl gegeben. So ist er!
Also, wenn man die Ludwigstraße hinunterradelt, kommt man auf die Freisinger Landstraße und nachher, der Isar entlang, an die Donau, und diese fließt durch Wien. Jedenfalls nach der Karten! Man braucht sich deswegen bloß an die Isar und die Donau zu halten, nachher kommt man hin. Wenn man hinkommt.
Seit gestern bin ich fort, schreibe dieses also im nachhinein.
Die Ludwigstraße war ganz glatt, der Asphalt wie eine Mausefalle mit ganz feine Haar (dieses Hochdeutsch ist eine gräusliche Sprache!). Also, geregnet hat's, aber die Sonne hat auch geschienen. Rechts und links sind die Mordstrümmer Gebäude gestanden, die Staatsbiblio-

thek, die Ludwigskirche und nachher weiter hinunter die Universität, vor der es mir heute schon graust. Aber jedenfalls schöne Gebäude – man wird ein wenig traurig, wenn man sie dableiben sieht und meint, daß sie eigentlich winken müßten oder ein wenig mitlaufen.
Und auf einmal kommt dann das Siegestor und daneben die Kunstakademie. Das Siegestor, das geht ja noch, es sind schöne Löwen darauf. Die Kunstakademie aber ist greislich. Die Maler haben oft lange Haare. Mein Vater sagt, das gehöre zum Dummsein! Mir ist es wurscht! Schön ist es nicht! Also, durch das Siegestor fahrt man außen herum, und dann pfeift schon ein Nordwind, obwohl er sehr gesund sein soll. Man kommt in ein Stadtviertel hinein, das aus einer Allee besteht. In den Gärten dahinter stehen Häuser, wie auf dem Lande. Erst beim großen Wirt geht die Stadt dann weiter. Aber nachher gleich beginnt das Land. Ganz verlassen kommt man sich vor auf dem Land. Am liebsten wär' ich umgekehrt. Aber mein Vater hätte nicht viel gelacht! Aber ich wär' ja gar nie umgekehrt, auch nicht, weil es das Regnen angefangen hat, aso schon! Weiter bin ich dahingefahren, tropfnaß, gehungert hat mich, und die Föhren oder was es für Bäume waren, die am Wege gestanden sind, haben auch gerade keinen guten Eindruck gemacht. Aber ihr könnt noch so dumm schaug'n, hab ich mir gedacht – ich komm schon nach Wien. Nur weit ist es halt. Man darf nur nicht auslassen! Also, wie ich so dahinfahr' und mich ärgere, gibt es auf einmal einen Kracher. Die Luft, hab ich mir gedacht, die Luft! Und pfeilgrad war es aso! Das Hinterradl ist mir geplatzt. So ein G'lump, dieses Radl – mein Vater hat es gleich gesagt. Aber dafür hat es auch nur acht Markl gekostet. »Unverwüstlich« ist auf dem Rahmenbau droben gestanden in goldener Schrift; es

steht noch droben. Am Freilauf steht *Torpedo* droben. Wenn man ein bisserl stark in das Pedal hineintritt, geht das Rad leer um, wegen dem kaputten Freilauf. Davon aber hab ich meinem Vater gar nichts gesagt, sonst hätte er mich doch nicht fortlassen!

Also, da wo mir der Schlauch platzt ist, war ein Holzhäuserl in der Nähe, und in dieses Holzhäusel wollte ich hinein. Derweilen aber ist ein anderer Radler kommen und hat mich gefragt, wo es mir fehlt. Ich hab ihm mein Hinterradl gezeigt. »Ja mei!« hat er gesagt, »dieses wäre ja kein Wunder! Bei solchernen Reifen! Da mußt du unterlegen!«

»Ich hab aber nichts zum Unterlegen«, habe ich gesagt. Weil ich mir gedacht habe, daß er was hat. Und er hat auch was gehabt, und dann hat er mir flicken geholfen. Eigentlich habe ich ja ihm geholfen – nämlich das Radl halten, geflickt hat er. Und nachher wollt' er mir noch ein Fufzgerl schenken – dieses aber habe ich nicht genommen. Er soll mir lieber seine Gummilösung schenken, habe ich gesagt, und einen Fleck. Und da hat er mir wirklich die Gummilösung geschenkt und den Fleck und hat gelacht! Ist ja wahr, was hätt' ich mit einem Fufzgerl getan mitten auf der Landstraße, wenn mir wieder die Luft ausgangen war!

»Behüt dich Gott!« hat der Mann gesagt und ist wieder hinauf auf sein Radl. Ich hab ihm noch »Dankschön« nachgeschrien, und dann bin ich wieder allein dagestanden mit meinem Gelump. Es wäre mir lieber gewesen, wenn er noch ein bissl gewartet hätte, der Radlfahrer, für den Fall, daß der Reifen wieder platzt. Ich hab mich gar nicht recht hinaufgetraut auf mein Rad. Schließlich aber bin ich doch hinauf! Und überhaupt hätt' ich dieses Fufzgerl gar nicht genommen! Ein Zehnerl auch nicht!

Ein Zehnerl schon gleich gar nicht! Na, und so bin ich halt wieder dahingefahren! »Wenn es jetzt wieder platzert«, hab ich mir gedacht! Eine Zeitlang habe ich eine richtige Angst davor gehabt. Aber erst, wie ich keine Angst mehr gehabt habe, ist es wieder geplatzt. Jetzt aber hab' ich eine Gummilösung gehabt und einen Fleck, und gewußt hab' ich auch, wie man das macht mit dem Flicken, und so hab' ich halt geflickt. Das ist eine Schinderei! Aber einen richtigen Fleck habe ich hinaufgepappt auf den Schlauch, und dann habe ich noch von der Satteltasche ein Trumm Leder herausgeschnitten und untergelegt. Nachher hat sich auch nichts mehr gerührt – so schnell wenigstens nicht.

Auf einmal aber bin ich schon mitten in Freising drinnen gewesen. Ich habe den Dom gleich gekannt, weil er so berühmt ist. »Aha! Der Dom!« habe ich mir gedacht. »Da ist er ja!« Und da ist mir auch gleich wieder dersell Bischof eingefallen, dersell, dem wo mir damals die Brücken hinweggebrannt haben, mitten in der Nacht, damit die Salzfuhrwerke über München gehen und mir den Zoll einnehmen und nicht der Bischof. Pfundig muß es gewesen sein, so mitten bei der Nacht die Brücke anzünden. Heutzutage täte man dafür eingesperrt werden. Und deswegen hat auch keiner mehr die Schneid!

Der Dom steht schön droben am Berg. Bloß das Pflaster, was hinaufgeht, ist gräuslich. »Eine solcher Kirchen muß man sich anschaug'n«, habe ich mir gedacht, »so was Gotisches sieht man nicht alle Tage, wenn es nicht gleich gar romanisch ist. Ja, ich glaube, daß die Kirche eher romanisch ist, wenigstens hinten. Barock zwar ist sie auch noch, aber Perser-Teppich hat's wenigstens keine.« Ich bin überhaupt gegen Perser-Teppiche. Mir sind doch keine Türken! Kruzitürken, waren das Zeiten!

Lauter Wald umadum, umananander, und keine Brücken nicht! Und die Isar war damals auch noch viel wilder, weil man bloß gefischt hat darinnen, und die, die wo an der Pest gestorben sind, hineingeschmissen. Eigentlich war das schon ein wenig grausig auch. Aber in solcherne Zeiten hat man trotzdem solcherne Kirchen gebaut! Und mir bauen Kino! Wie die nur die Ziegelsteine alle den Berg hinaufgebracht haben! Das allein ist schon ein Wunder. Überhaupt, wenn man darüber nachdenken täte, käme man aus dem Wundern gar nicht mehr heraus. Komisch ist ja auch, daß man eigentlich allerweil meint, daß man ganz allein unsterblich ist! Bestimmt meint das ein jeder – bloß lassen es sich die meisten nicht anmerken! Und wenn man dann eine so eine Kirche sieht, möchte man gleich selber zu zweifeln anfangen. Es ist halt so vieles eine Einbildung auf der Welt!
Der Dom, der ist schon wirklich allerhand. Besonders wenn man ihn von der Näh' anschaut. Da schon gleich gar!
Übrigens ist auf dem Berg droben auch eine Klosterschule, in deren Garten man hineinschauen kann und darin Novizen spazieren gehen sieht mit einem Bücherl in der Hand – als ob sie lernen täten! Diesen Krampf kennen mir!
Bin ich froh, daß ich nicht da drinnen eingesperrt bin. So schön könnte der Garten gar nicht sein – mir wäre es genug! Ich bin dann schön langsam den Berg wieder runter und ein bisserl durch Freising hindurchgelaufen. Lauter Wirtshäuser.
»Ihr könnt mich gern haben«, habe ich mir gedacht, schon war ich fort! Draußen auf der Straßen ist es mir dann gleich wieder besser gegangen, und ich habe das Singen angefangen und habe zu den Bauern recht schön

»Grüß Gott« gesagt. Und die haben auch recht schön »Grüß Gott« gesagt. Gerade gefreut habe ich mich und die Sonne ist auch aufgegangen und die Vögel haben gepfiffen. Überhaupt hat mir jetzt alles gefallen. In so schönen Kurven ist es dahingegangen. Drunten die Isar, drüben die Steinbrücke, Äcker schräg hinauf, Rösser darauf und Bauern mit ihrenen Pflügen. Und die Bäume übereinander; gerade aberg'hängt sind ihre Äste, fast bis auf die Straße. So geruhsam war es in dem Tal darinnen, und dann sind wieder neue Felder gekommen, mit einem recht schönen Gelb und Grau. So halbert Sand, halbert Lehm, richtig verwittert. Komisch, daß das Verwitterte immer schöner ist als wie das Nichtverwitterte.

Ja, und so ist es halt dahingegangen. Einmal hat die Sonne geschienen, und dann wieder nicht, einmal hat es geregnet, und dann wieder nicht – wie es halt so ist! Auf einmal aber, hinter zwei riesige Haselnußstauden, sind zwei riesige Türme aufgetaucht, unheimlich große, der eine genau wie der andere, uralte, das hat man schon gleich von der Weiten gesehen, schon weil sie gar so stad waren und so ernst! Die waren ernst! Ganz etwas Verlassenes haben die gehabt – als ob sie sagen wollten: »Was tun wir eigentlich noch da. Wir sind ja schon längst gestorben!« Auf einem Wegweiser habe ich nachher Moosburg gelesen, und da ist es mir eingefallen, daß das schon wieder ein romanischer Dom ist. Und wie ich nachher darinnen gestanden bin, da wird es einem ganz anders, grad dadrucken tut es einen. Ich habe mir auch mein Radl nicht hinlehnen trauen an die Mauer, und an die Bäume rund herum auch nicht, da habe ich es in das Gras gelegt! Sonst ist Moosburg weiter nichts Besonderes, lauter alte Häuser. Auf einmal ist die Isar wieder dahergekommen mit ihren Auen. Die Isar wenn wir nicht hätten! Schon allein der schöne Name! Und dann bin ich nach Landshut hinein! Und dieses Landshut ist pfundig! Die Sonne hat da heruntergebrannt wie der Teufel, alles hat geglänzt und geschienen, wie gewaschen. Die Häuser, die alten Bögen, der Kirchturm, die Marktplätze. Da hat es mich zum ersten Male überhaupt nicht gereut, daß ich fort bin. Dieses hätte auch meinem Vater gefallen. Allein schon die Burg dadroben auf dem Berg, wo der Ludwig der Schöne darin gesessen ist, der wo hätte Kaiser werden wollen, den sie aber derwischt haben dabei. Es soll zwar nicht wahr sein, daß er darinnen gesessen ist, aber mir ist das wurscht – für mich war er da droben drin.

Jetzt aber, als ich ein Wirtshaus gesehen habe mit einem schönen Garten, habe ich einen richtigen Hunger bekommen, weil ich doch überhaupt nichts gegessen gehabt habe als wie ein Trumm Brot während dem Fahren! Ich bis also in den Wirtshausgarten hineingeschlichen, weil ich mir gedacht habe, daß, wenn mich ein Gendarm sehert, er mich vielleicht nicht hineinlassen tät'. Im Garten habe ich mich hingesetzt. Dann ist schon eine Kellnerin gekommen und ich habe ein Quartl Bier bestellt – ein Brot und einen Speck habe ich selber dabei gehabt. Die Kellnerin hat zuest recht dumm geschaut und hat mich gefragt, ob es mir nicht mehrer leidt (dieses Wort kann man auch wieder nicht übersetzen). Nein, habe ich gesagt, und dann hat sie mir ein paar Semmeln umasonst gebracht und einen Teller auch und ein Besteck. Als ob ich ein Besteck gebraucht hätte, wo ich mein neues Messer dabei gehabt habe. Kurz und gut – ich hab' gegessen und dann habe ich bezahlt. Habe mir aber nichts schenken lassen, sondern der Kellnerin ein Zehnerl hingelegt. Dieses hat sie nicht genommen, und ich habe mich nach-

her mit ihr herumraufen dürfen, damit sie es doch nimmt. Mit die Weiber soll man eben nichts anfangen! Da hat mein Vatter schon recht!
Später bin i wieda weida! (Dieses klingt direkt Lateinisch, und deshalb tue ich es nicht übersetzen!)
Neblicht ist es geworden, trüb und das Schütten hat's auch wieder angefangen, a so schon! Und die Straßen ist gleich a so dreckig geworden und so hundsmiserabel, daß ich wieder Angst um mein Hinterradel bekommen habe. Gefallen hat mir schon gleich gar nichts mehr. Ist überhaupts nichts zu sehen gewesen vor lauter Schütten. Blödsinnige Bäume sind umeinander gestanden, und ihre Blattl'n haben einen noch extra naß gemacht. Mir war es aber wegen dem Übernachten, davor hat mir gegraust. Daheim habe ich mir deswegen noch gar nichts gedacht gehabt, werde schon etwas finden! Dabei ist mir aber mehr der Karl May im Kopf herumgegangen, als wie die Wirklichkeit. Und in der Wirklichkeit ist halt doch alles wieder ganz anders als wia beim Karl May. Sonst täte ja überhaupt ein jeder ein Räuber werden und nicht bloß einer werden wollen! Schon daran sieht man, daß alles gelogen ist, was man gedruckt liest! Kein Stadel war weit und breit, an einen Wigwam gar nicht zu denken. Wenn es nur nicht gar a so geregnet hätte! Dann wäre ich halt in einen Wald hineingeschloffen. Zu einem Bauern wollt' ich auch nicht hinein – der hätte sonst vielleicht gemeint, ich wäre ein Zigeuner – und in eine Wirtschaft wollte ich erst recht nicht hinein. Da bin ich aber doch zu einem Bauern hineingekommen. Und dieses war a so: Wie ich so dahingefahren bin, hat mich ein Radler überholt und mich gefragt, wo ich hin will mit meinem Trumm Rucksack. »Nach Wien«, hab ich gesagt. – »Heut noch?« »Nein!« hab ich gesagt. »Einen Heustadel such ich.«

»Nachher kannst mit mir fahren«, hat er gesagt, und da bin ich halt dann mit ihm gefahren. Und so findet man halt immer wieder was, auch in den haarigsten Situationen! Wir sind an ein Bauernhaus hingekommen mit einem mordsgroßen Stadel, wo das Heu aus den Latten herausgeschaut hat. Wunderbar, habe ich mir gedacht. Es war aber nicht wunderbar. Wie wir nämlich in die Stube hinein gekommen sind, sind acht Buben um einen Tisch herumgehockt. »Du kannst nachher bei die Buben schlafen!« hat der Bauer gesagt. Ich bin nicht viel erschrocken! Lauter richtige Lackeln. Dieses kann gut werden, habe ich mir gedacht. Und es ist auch gut geworden, nachher! Es hat gar nicht lange gedauert, da haben die Hachten gar nicht mehr so deppert dreingeschaut. Nur wie sie so gerad mit dem Derblecken anfangen wollten, haben sie zu beten anfangen müssen – vor dem Nachtessen. Übrigens ist auch noch ein kleines Madl mit um den Tisch herumgesessen, eine ganz eine zahme – die hat mir direkt leid getan. Die wird ja nichts zu Lachen gehabt haben mit ihren Brüdern. Na ja, schließlich ist gegessen worden. Der Bauer hat einem jeden einen Löffel gegeben, und dann haben alle miteinander, der Bauer, die Bäuerin, die Kinder, die Knecht' und Mägd', in eine große Schüssel hineingelangt, und eine Brennsuppe herausgelöffelt. Z'erscht hat's mir ja richtig gegraust – aber ich hab mir denkt: »Es ist ja wurscht!« Und so habe ich halt auch hineingelangt. Die Brennsuppen war aber gut. Aufgeschmalzen mit abgebräunten Zwiebeln und einem Trumm Butter darinnen. Nach dem Essen dann haben wir in das Bett gehen müssen. Zu acht in drei Betten! Und ich auch noch dazwischen. Das wenn ich gewußt hätt', hätte ich mich lieber unter einen Baum gestellt und auf einem Fuß geschlafen. Das waren vielleicht Lackeln, die Bauernbuben! »Stadtfrack« hätten sie mich geheißen. Aber dann bin ich ihnen schon gekommen! Mit dem Boxen haben sie nämlich gar nichts machen können. Und ich habe ihnen gleich so auf die Nase hinaufgehaut, daß es sie ihnen nur aso verbogen hat. Und dieses war mein Glück. Jetzt wollten sie nämlich alle das Boxen lernen. Und da habe ich es ihnen halt gezeigt. Die halberte Nacht hätten sie es probiert, wenn nicht ihrer Vater mit dem Stiefel an die Kammertüre hingehaut hätte, daß das ganze Haus gewackelt hat. Da aber waren sie dann stad, ich habe direkt lachen müssen! Der Bauer raucht, schien es, keinen Guten!

Froh war ich aber doch, als es endlich in der Frühe war und ich wieder bei der Brennsuppen gesessen bin und die anderen in die Schule haben gehen müssen. Dieses hat mich besonders gefreut. Die Bauernbuben sind aber auch schon eine besondere Rass'. Nichts als wie schlecht hätten sie die Stadt München gefunden, dabei haben sie noch nicht einmal eine gepflasterte Straße und keinen Bahnhof und keine Trambahn. »Weil es keine Rösser in der Stadt drin gäbe«, haben sie gemeint, wäre es da nichts. Derweil haben wir viel schönere Rösser als wie die! Eine Wut hab ich direkt gehabt, und es war recht gut, daß diese Hundling in die Schule haben gehen müssen, sonst hätten wir ja doch noch richtig gerauft!

Ich habe dann mein Zeugl zusammengerichtet und zum Bauern und zur Bäuerin recht schön »Dankschee« gesagt. Und sie hat dann zu ihm gesagt: »Wie man nur so einen kleinen Buben so allein in der Welt herumlaufen lassen kann!« Und da hat sie meinen Vater gemeint. Ich habe aber nichts gesagt. »Schöne Ross habt ihr!« habe ich gesagt und dann hat mir der Bauer sein Sach' gezeigt. Er hat auch schöne Rösser ghabt, zwei Schimmeln und

drei Rappen. »Die reinsten Lippizaner«, hab ich gesagt, und da hat er gelacht. »Bist ein vifer Bursch«, hat er gesagt. Dieses wenn mein Vater gehört hätte, der wo immer meint, daß ich so saudumm bin, bloß weil ich so schlechte Noten daherbringe. Wenn man aber auch im Deutsch so einen Deppen von Professor hat, als wie mir, der mit seinem blöden »Salaz y Gomez« überhaupt nicht mehr aufhört. Ich werde allein schon narrisch, wenn er bloß zu deklamieren anfangt, da lauft es mir ganz fürchterlich über den Buckel hinunter. Und Aufsätze laßt er schreiben: »Was mir an meiner Schule so gefällt«, da muß man ja lachen! So ein Depp, so ein damischer! Nichts gefällt mir, aber schon rein gar nichts, höchstens der Pedell mit seinen Bretzen, und der ist auch noch ein Rindvieh. Ich pfeif' auf das Goeth'sche Erziehungsideal. Einen einzigen Lehrer haben wir, ausgerechnet in Chemie, der wo flucht und schimpft, bei dem wo man aber spürt, daß er uns etwas beibringen will und daß wir ihm im Grunde leid tun. Das ist wenigstens ein Mannsbild und kein scheinheiliger Aff', der wo bloß dasteht, daß er am Ersten sein Geld einschiebt. Überhaupt sollte es verboten sein, daß es unter die Lehrer so saudumme Rindviecher gibt. Na ja – es gibt gute auch. Gott sei Dank! »Kinder!« sagte einer zu uns, »Kinder!« da ist ja er ein viel größeres Kind. Saububen sind wir und mehrer wollen wir vorläufig auch gar nicht sein!
Na ja, der Bauer hat einen schönen, gewölbten Stall gehabt und schöne Kühe; wie Standbilder sind sie dagestanden mit ganz geraden Buckeln!
Wie ich schon halbert aus dem Hof hinaus auf der Straße gestanden bin, ist mir das kleine Madl nachgelaufen und hat mir ein Trumm Brot in die Hand gedruckt. »Daß es dich nicht so hungert!« hat sie gesagt und ob sie mich

recht gehaut haben gestern! Ihre Brüder hat sie gemeint. »Nein!« habe ich gesagt. »So!« hat sie gesagt. »Behüt dich Gott, nachher!« Ich bin auf mei Radl hinaufgehupft, und dann habe ich noch einmal umgeschaut. Und da ist sie noch dagestanden und hat mir nachgestiert! Die Dirndeln sind schon wirklich komisch!
Also, nachher bin ich halt wieder so dahin und langsam bin ich in die größte Freude hineingekommen. Es war schon wirklich schön, wie ich so dahin bin. Die Vöglein haben gepfiffen, ich habe gepfiffen und dabei vor lauter Pfeifen bin ich von der Straße nach Regensburg heruntergekommen und war mit einem Male in der Holledau. Lauter Hopfenstangen! Ich habe noch gar nie solcherne gesehen gehabt. Ein Bauer hat es mir erklärt und daß man von dem Hopfen das Bier macht. Das habe ich auch noch nicht gewußt gehabt. Übrigens stinkt es in einem solchen Hopfenstadel ganz abscheulich – zum Übernachten ist ein solcherner nichts. Ich habe überhaupt noch nie so einen gräuslichen Geruch gerochen. Es hat mich aber gar nicht gereut, daß ich mich verfahren habe. Schon wegen der schönen Höfe rund umeinander. Und überall Storchennestern drauf, auf Wagenradln und Kirchtürmen. Ich habe auch noch nie Störche gesehen gehabt. Das sind wirklich komische Viecher, mit roten Schnäbeln und recht langen Füßen. Wie ein Professor schaug'n sie aus. Aber, daß die die Kinder bringen sollen, das ist ein Schmarrn. Wie könnten denn aus der Holledau alle die Kinder kommen von der ganzen Welt, das macht mir keiner weis! Überhaupt ist das komisch, daß über das Kinderbringen keiner was redet. Alle halten's darüber ihr Maul. Mir ist es ja wurscht, woher die Kinder kommen. »Daß es mich nichts angeht«, sagt mein Vater. Von mir aus! Die Madln sind es natürlich,

die dran schuld sind. Wie sie dieses aber machen? Was man darüber hört – dieses gräusliche Zeug da, möchte ich gar nicht erzählen. Ich zum Beispiel habe ja überhaupt keine Mutter. Wir brauchen auch keine. Den Kaffee in der Früh machen wir uns selber, ich und der Vater, und kochen tun wir auch selber. Putzen tut dann die Nachbarin und aufräumen. Uns wäre es ja gerade genug, wenn wir eine solcherne Putzfrau den ganzen Tag hätten. Mich hat mein Vater von die Zigeuner gekauft, sagt er. Aber das ist auch ein Schmarrn, er will mich bloß tratzen. Das Blöde ist bloß, daß man später einmal heiraten soll, das ist schon saudumm. Und ich täte ja bloß lachen, wenn ich die, die wo ich einmal heirate, jetzt schon sehen täte. Saudumm ist das! Saudumm! Lauft diese da jetzt irgendwo herum und kennt mich nicht, und ich sie auch nicht. Vielleicht täte ich sie recht hauen! Man darf ja gar nicht in das Nachdenken hinein kommen, sonst kennt man sich überhaupt nicht mehr aus. Vor allem, wenn man sich denkt, daß es immer noch etwas gibt, was man nicht weiß!
Mit lauter Sinnieren bin ich auf einmal an die Donau gekommen. Auf einmal war sie da. Die Donau hat mir schon gefallen, wenn sie gleich auch nicht so groß war, als wie ich sie mir vorgestellt habe. Besonders hat mir imponiert, daß sie in das Schwarze Meer hineinfließt, zu dene Türken hinunter. Heiß war es! Ich bin wie der Teifi dahingeradelt. Auf einmal sind kaputte Schlösser gekommen, alte Ruinen, auf einem Berg droben, mitten im Wald. Und da sind mir die alten Nibelungen eingefallen, die wo da drinnen übernachtet haben, wie sie zu dem Attila hinunter sind, diesem gescherten Hund! Vielleicht ist der Hagen auch noch dabei gewesen, der wo den Siegfried so gemein umgebracht hat. Daß es solcherne Schuf-

ten überhaupt gibt! Und so sagt unser Professor, dieses Rindvieh, noch, daß der Hagen vielleicht sogar recht gehabt hat, wegen der Lehenstreue nämlich, die ihn dazu gezwungen habe. Das ist schon allerhand! Lehenstreue! Wenn einer so ein Schuft ist! Für mich sind dieses alles Pflanz (Ausreden), die wo sich ein solcherner saudummer Professor ausdenkt. Ein solcherner König, der wo seinen Freund umbringen laßt, einem solchenen folge ich doch nicht! Und noch dazu, wo der Hagen doch gewußt haben muß, daß der Siegfried dem Hammel von Gunther auch noch eine Tarnkappe geliehen hat, mit derer der andere erst der Brunhilde Herr geworden ist. Diese Brunhilde hätt' ich überhaupt gleich derschlagen, was sich diese schon eingebildet hat – ausgerechnet den Siegfried hätte sie wollen, bloß weil sie das Raufen gefreut hat. Übrigens, der ganze Hof zu Burgund, das war eine saubere Saubande, die reinsten Wilden waren das, auch wenn sie noch so schöne Gewänder angehabt haben und Liedeln heruntergeharft. Der Volkher ist der einzige, der wo mir g'fallt und der Rüdiger, dieses waren wenigstens Mannsbilder und haben eine Schneid gehabt. Wie der Volkher zuerst die Klampfen gespielt und dann gerauft hat, bis er hin war, das ist allerhand. Der hat es denen Hunnen wenigstens gezeigt.
Es ist schon komisch, wenn man eine solcherne Straße hinunterradelt, wo die alten Ritter auch schon allerweil umeinander sind auf ihrene Heereszügen, mit ihrenen Rössern und der ganzen Gefolgschaft. Wenn man sich das so vorstellt! Im Kampf! Ein Trompeter vorn dran und dann im Caracho die ganze Bande hinterdrein, mit ihrenen Rüstungen, Fahnen und die langen Lanzen. Möcht' ich schon auch!
Übrigens, das hätt' ich bald vergessen gehabt, auf dieser

Fahrerei bin ich auch einmal an einem Dorf vorbeigekommen, das wo gar kein Dorf mehr war, sondern nur noch ein Acker, bloß die Kirche ist noch dagestanden. Das Dorf ist weggebrannt worden, im Dreißigjährigen Krieg. Das war ganz komisch, auf so einem Acker, auf dem früher ein Dorf gestanden ist, auf lauter Humus. Daß es dieses überhaupt gibt! Überhaupt könnte der ganze Humus nichts anderes sein, als lauter alte Germanen. Eingefallen ist mir dieses bei dem nicht mehr vorhandenen Dorfe, und nachher auf einem Hügel, auf dem Napoleon schon einmal gestanden war und eine Schlacht gelenkt hat. Der hat schon was darauf gehabt, dieser Napoleon. Schade, daß der nicht von uns war.
Wie ich so dahinfahre, hör ich auf einmal auf der Straße schreien. Ich bin ganz erschrocken. »Du fahrst ja in die Donau hinein!« haben sie geschrien. Und tatsächlich wäre ich in die Schwemm hineingefahren vor lauter Sinnieren. Und wie ich mich nachher umschaue, sehe ich zwei Maler vor mir. Gleich habe ich sie gar nicht gekannt, weil sie keine langen Haare gehabt haben, aber da habe ich schon ihre Mordstrümmer Bilder gesehen auf ihrenen Staffeleien. Die zwei haben gelacht, und ich habe auch gelacht. Oft weiß man gar nicht, warum man lacht! Da haben sie mich gefragt, ob ich ihnen nicht ein wenig Staffage stehen würde. Zuerst habe ich nicht gewußt, was sie meinen damit, aber nachher habe ich schon verstanden, daß ich mich an das Geländer von der Straß' hinlehnen soll und einen Hirten darstellen. Da sieht man's wieder, wie solcherne Bilder gemacht werden – alles Krampf! Na, mir war es ja gleich, und da habe ich mich an das Geländer hingelehnt. »Aber ohne Radl«, haben sie gesagt. Da habe ich mir zuerst gedacht, daß sie mir es vielleicht stehlen wollten und habe scharf aufge-

paßt. Aber sie haben wirklich nur malen wollen. Eine halbe Stunde lang habe ich es ausgehalten, dann aber habe ich gesagt, daß ich wieder weiter müsse. Die haben mir dann ein Markl geschenkt. Hätte es ihnen gar nicht zugetraut, daß sie überhaupt ein Geld haben. Die Bilder von ihnen haben mir nicht gefallen, ich habe es aber nicht gesagt. Ein Salat war es, was sie da gemalt haben, man hat überhaupt nicht gewußt, was es sein soll. »Es gefallt dir nicht?« haben sie dann zu mir gesagt. »Nein!« habe ich gesagt. »Dann geht es dir wie mir«, hat der eine gesagt. Und der andere hat gelacht. »Warum nicht?« haben sie gefragt. Und ich habe gesagt: »Weil diese Donau wie eine Ringelnatter ausschaut – und dieser Kirchturm wie eine Mistgabel!« da haben sie noch mehr gelacht. Ich aber nicht, denn sie haben mich ausgelacht. Ich verstehe ja nichts von solcherne Bilder, aber nachher brauchen sie mich ja nicht zu fragen. Ich wenn malen täte, täte ich nicht alles grau machen, sondern auch ein Rot und ein Gelb nehmen und ein schönes Grün. Aber es ist ja gleich! Ich habe jedenfalls »Dankeschön« gesagt für das Markl und bin wieder davon.
Und dann ist ein großer Wald gekommen mit riesigen Bäumen, lauter Eichen und Linden. Und da ist mir auf einmal eingefallen, daß ich ja einmal ein Förster werden will und allerweil in solcherne Wälder herumgehen muß und Hirschen schießen und auf die Gamsen. So in einem Wald mit einem Gewehr spazieren gehen, das muß etwas sehr Schönes sein. Bloß muß man, wenn man Förster werden will, Lateinisch können. Warum zwar, dieses weiß ich wieder nicht. Aber ich kann's ja, das Lateinisch, eine saudumme Sprache – sumsum quique. Aber zu was braucht ein Förster Lateinisch können, die Hirschen können ja auch nicht Lateinisch. Aber früher, wo es

noch kein Latein gegeben hat, hat es aber schon Förster gegeben. Weil es zur Bildung gehört, sagt mein Vater, aber ich möchte wissen, zu was dann die Bildung gehört. Die Bildung ist genauso ein Schwindel, wie die Kunst. Balst du einen fragst, was die Kunst eigentlich ist, dann sagt er: »Die Kunst halt!« So ein Depp!
Wenn man schon einmal blöd ist, dann bleibt man blöd. Da hilft auch gar keine Bildung nicht und auch kein Latein. Das Schießen soll man lernen in der Schule, Sachen eben, die wo man braucht, aber die lernt einem kein Mensch, die muß man selber lernen! Woher soll es so ein Professor auch her haben, einer, der nicht einmal einen Ochsen von einer Kuh auseinanderkennt. Mein Vater freilich sagt, ich wäre bloß ein fauler Strick und täte deshalb nichts lernen. Vielleicht hat er recht und ich werde zum Schluß nachher noch pfeilgrad ein Maler. Die Haare kann man sich ja ganz leicht wachsen lassen!
Und da bin ich nach Weltenburg gekommen. Und da war ein Wirtshaus und eine Kirche gleich neben der Donau. Die Kirche war von dene Gebrüder Asam, von dene mir viele in Bayern haben, wildromantische. Ein Haufen Schifferln waren am Stande gelegen. Ich habe einen alten Mann gefragt, zu was diese Schifferln gehören, und da hat er gesagt, daß man damit um ein Fufzgerl durch den Donaudurchbruch hindurchfahren kann. Und ob ich das möchte! Ich habe mir das lang hin- und herüberlegt und habe den alten Mann gefragt, ob es billiger wäre, wenn ich ihm rudern helfen tät. »Nein«, hat er gesagt, »man braucht gar nicht rudern, weil das Wasser so reißt. Man muß nur steuern. Und da gäbe es etwas ganz Wildes zu sehen, wie bei den Indianer den großen Canyon.« Und da habe ich ihm halt mein Fufzgerl gegeben. So habe ich immerhin noch von dem Markl, das mir die Maler

gegeben haben, ein Fufzgerl gespart. Und ich muß sagen, es hat mich gar nicht gereut. Schon wie ich mit meinem Radl in den Nachen hinein bin, neben einem Ochsen, da habe ich gewußt, daß mir dieses gefallen wird. Der Nachen hat wunderbar geschwankt und das Wasser hat mit einem ganz eigenartigen Ton an das Holz geschlagen. In der Mitte des Stromes hat man wirklich gespürt, wie majestätisch die Landschaft ist. Und dann sind schon die Felsen gekommen, die Ufer sind näher aneinander heran. Inschriften waren an den Wänden angebracht, und geschäumt und gestrudelt hat das Wasser. Nur mehr Wasser und Himmel war und die schroffen Felsen. Dazwischen hat einmal eine Wiese herausgeschaut, eine solche als wie diese, auf der der Hagen den Siegfried umgebracht hat – genauso hat diese Wiesen ausgeschaut. Still unheimlich! Ich bin in ein ganz sonderbares Gefühl hineingekommen, habe gar nicht mehr schreien mögen und pfeifen, wie ich es sonst tue. Angst habe ich aber keine gehabt.

In Kelheim habe ich dann aussteigen müssen. Dann bin ich noch auf die Befreiungshalle hinauf. Viele Staffeln übereinander. Naja, ein Denkmal, ganz weiß alles. Mir ist ein Forsthaus lieber.

Langsam ist es nach Regensburg zugegangen durch seltsame Dörfer hindurch, haben recht arm ausgeschaut, recht verdorrt, aber doch eigenartig. Man hat gemerkt, daß das Gebirge fehlt, und wenn ein Land zu flach wird, dann werden die Leute leicht ein wenig trübsinnig und die Gebäulichkeiten auch. Aber es hat mir schon gefallen.

Auf einmal bin ich in Regensburg gewesen. Also, Regensburg ist eine uralte Stadt. Ganz kühl geht es in der größten Hitze aus den dicken Mauern von den Häusern

heraus. Wohnen möchte ich ja nicht in einem solchernen alten Haus, aber anschauen schon. Überall waren schöne Wirtshäuser mit Kastanienbäumen. Ich habe mir einen Rettich gekauft, obwohl ich solcherne sonst gar nicht mag, weil sie mir zu raß sind. Aber in Regensburg, hat die Kellnerin gesagt, gibt es die besten Rettiche auf der ganzen Welt, und deswegen habe ich einen solchernen gekauft – um ein Zehnerl. Beim Schneiden habe ich mich aber in den Finger geschnitten. Der Rettich aber war gut, ich habe Scheibe für Scheibe auf ein Butterbrot gelegt, und ich muß sagen, daß mir noch selten etwas so geschmeckt hat.
Jetzt wo ich eigentlich die Herumfahrerei schon gewohnt war, habe ich gar nicht mehr an zuhause gedacht. Nur an den Vatter habe ich manchmal gedacht, was er jetzt gerade macht. Und so bin ich nach Passau gekommen. Und da war ich platt; das ist ja wie in Italien! Ich war zwar noch nie in Italien gewesen, aber so muß es in Italien ausschauen, dieses merkt man gleich. Schon an den Dächern, die wo zwar gar nicht gerade sind, aber so ausschauen, so italienisch. Jedenfalls hat mir dieses Passau gefallen. Bloß mein Radl ist mir drauf gegangen, auf diesem Pflaster. Die Gabel gebrochen! Fünf Markl hätt' das Richten gekostet, haben sie gesagt, und drei Markl hätten sie mir gegeben, wenn ich ihnen das Radl verkauft hätte, die von einem Fahrradgeschäft. Das hätte ich aber nie getan, schon weil das eine Unverschämtheit gewesen wäre gegen das Radl. Es hat mir nämlich auf einmal leid getan, wie ich es so kaputt gesehen habe und wie der Fahrradhändler gesagt hat, daß er es kaufen möchte. Direkt traurig angeschaut hat mich das Radl, als ob ich wirklich so gemein sein könnte. Nein, jetzt habe ich mein Radl erst richtig mögen. »Und dieses kriegen wir

schon«, habe ich mir gedacht – obwohl ich nicht recht gewußt habe, wie. Auf jeden Fall bin ich einmal weiter, in die Vorstadt hinaus, weil nämlich da immer alles billiger ist. Warum, das weiß ich nicht, aber es ist wirklich wahr. In Giesing kostet ein Kapperl viel weniger als am Marienplatz. Und ich habe auch eine Schlosserei gefunden, wo mit Kreiden auf einem Brettl droben gestanden ist: »Reparaturwerkstätte«. »Das ist was für mich!« habe ich mir gedacht. »Das kriegen wir schon!« hat der Schlosser gesagt. »Kostet drei Markl. Komm in zwei Stunden wieder!« Mehrer hat er gar nicht gesagt, der Schlosser. Aber ich habe mich gefreut, und ich habe dankeschön gesagt und bin gegangen. Spazieren, habe ich mir gedacht – aber da ist eine Frau dahergekommen mit einem Koffer und hat mich gefragt, ob ich ihr den Koffer nicht tragen helfen täte zum Bahnhof. Dieses hätte ich zwar sowieso getan, weil es ihr schier das Kreuz abgedruckt hat mit ihrem Koffer. Jedenfalls habe ich ihr den Koffer getragen. Es war eine nette alte Frau, und sie hat mir nachher ein Fufzgerl geschenkt. Dieses ist mir zu viel vorgekommen, und ich wollte das Fufzgerl gar nicht nehmen, sie hat aber nicht auslassen – und da habe ich es schließlich doch genommen, wegen dem Radl habe ich mir gedacht – jetzt kostete es schon wieder weniger. Und dabei ist mir die Idee gekommen, daß, wenn ich noch fünf Koffer tragen tät, das Schweißen von der Gabel gar nichts mehr kosten täte. Und so habe ich mich umgeschaut. Es ist dann sowieso gerade der Zug gekommen, mit dem die alte Frau weitergefahren ist, und da sind ein Haufen Leute ausgestiegen. Und da habe ich dann schon Koffer zu tragen gekriegt. Aber nicht jeder hat mir ein Fufzgerl geschenkt, mancher bloß ein Zehnerl, einer aber, der wo mich kaum angeschaut hat und gräuslich

gelbe Handschuh' hat er angehabt, der hat mir einen blanken Taler gegeben. Ich hab ihm noch gesagt, daß ich gar nicht herausgeben kann. »Ist schon gut!« hat er gesagt und ist in ein Automobil hinein, dem er vorher gewunken gehabt hat. Die paar Meter hätte er seinen Koffer auch leicht selber tragen können!
Ich bin dann am Hafen vorbeigekommen. Da habe ich mir gedacht, daß es nicht schlecht sein könnte, mit einem Schiff nach Wien zu fahren, wirklich nicht schlecht. Und diese Idee hat mich nimmer auslassen. Ich bin also in das Zollamt hinein, da wo Faßl'n hinein- und hinausgerollt wurden, und habe mich umgeschaut, ob ich nicht einen Kapitän erwischert. Schließlich ist einer gekommen mit einer blauen Mützen und einem Anker darauf. Den habe ich gefragt, ob man da vielleicht nicht mitfahren könnte nach Wien hinab und daß ich vielleicht auch etwas zahlen täte dafür. Der Kapitän hat mich von oben bis unten angeschaut, und dann hat er in einem komischen Deutsch – weil er nämlich ein Ungar war – gesagt, daß es ihm gleich wäre, wenn die vom Zollamt nichts dagegen hätten. Und da ist auch schon einer vom Zollamt dahergekommen und hat mich angeschaut, dem habe ich es auch gesagt und habe ihm meinen Ausweis von der Lateinschule gezeigt, weil er gemeint hat, ob ich ein Handwerksbursche wäre. »Von mir aus!« hat er dann gesagt, und ich habe ihm die Hand gegeben und bin gleich hinein in das Schiff. Der Kapitän hat gelacht und hat gesagt, daß es mir aber pressiert, wo das Schiff erst morgen früh abfahren tät. »Das macht nichts!« habe ich gesagt. »Ich muß sowieso noch mein Radl holen.« Und da hab ich dann mein Radl geholt, habe mich bedankt bei dem Schlosser. Auf dem Schiff dann haben sie mir was zu essen gegeben und einen Strohsack für die Nacht. Wun-

derbar war dieses auf dem Schiff, wirklich wunderbar – allein schon das Gefühl, daß unter einem die Donau davongeflossen ist in das Schwarze Meer hinab. Und die Wellen haben geplätschert und ein Rauschen war die ganze Nacht. Mir war es geradeso, als ob ich nach Amerika fahren täte zum Winnetou.

Am andern Tag in aller Frühe ist es losgegangen. Ganz leise hat das Schiff geschaukelt, ist in die Mitte des Stromes hineingerutscht und so sanft ist es dahingegangen, durch lauter grüne Hügeln hindurch, schwarze Tannenwälder. Nirgends hat man mehr ein Haus gesehen und gar nichts. Und nach einiger Zeit haben die Matrosen lange Stecken herausgezogen und haben diese in das Wasser gehalten, dazu haben sie gesungen. Langsam bin ich darauf gekommen, daß sie die Tiefe abgelotet haben – weil eben die Donau nicht überall gleich tief ist und es leicht sein kann, daß ein großes Schiff auf dem Grund anstößt.

Gerade immer dahin ist es gegangen. Linz, Böchlarn, Melk und auf einmal, bis ich mich umgeschaut habe, waren wir in Wien – in zwei Tagen in Wien. Ich habe den Matrosen allen und dem Kapitän die Hand gegeben und Dankschön gesagt. Und dann aber bin ich hinein nach Wien. Ich war ja so gespannt! Und das ist so gekommen: Ich habe nämlich daheim in der Zeitung einen Aufsatz über das alte Wien gelesen (von Ernst Lissauer), und da sind auch die Vororte so schön beschrieben gewesen, vor allem dieses Grinzing, wo der Schubert gewohnt hat und solcherne Leute. Die Fassaden von diesen Häusern waren so sehr schön beschrieben gewesen, daß ich mir dieses unbedingt anschauen wollte. Es ist zwar komisch, daß man ausgerechnet auf so einen Aufsatz hin so weit fortfahrt, wo man doch weiß, daß das Gedruckte fast

immer verlogen ist. Aber ich bin halt doch deswegen hergefahren. Und natürlich war es in Wirklichkeit auch lange nicht so schön, als wie in dem Aufsatz. Haus für Haus bin ich nämlich nach der Beschreibung abgegangen und habe mir jeden Hof angeschaut und jede Stiege und jedes Fenster, wo einer von denen herausgeschaut haben soll. Na ja, die Häuseln waren ganz schön, aber sowas ganz Besonderes waren sie auch wieder nicht. In der Sendlingerstraße haben wir mindestens genauso schöne. Trotzdem aber, es hat mir alles gefallen. Dieses Wien ist schon wirklich was. Komisch ist auch, daß die Leut' alle dieselbe Sprache sprechen wie wir, bloß ein bisserl geschniegelter, ein bissl weicher noch. So weit weg und noch dieselbe Sprache, das ist schon schön!
Ich bin in das Burgtheater gegangen und habe mir eine Oper angeschaut. »Lumpaci vagabundus« meine ich, hat sie geheißen. Es hat sich um drei Handwerksburschen gedreht und einen Zauberer. Eine Musik war auch dabei. Das Ganze war ein bissl ein Schmarr'n, die Leute haben aber wie narrisch geklatscht. Mir kommt dieses blöd vor, so ein Theater zu machen über drei Handwerksburschen, die wo ein Geldverdienen und gleich wieder versaufen, wo man doch weiß, wie diese Leute sind!
Den Stefansdom habe ich mir auch angeschaut. Der ist natürlich sowieso schön. Bloß ein bisserl finster war es im Innern, man hat gar nichts gesehen. Die Aussicht vom Turm aber hat mir sehr gefallen. Man hat bis auf die katalaunischen oder wie sie hießen, Felder hinübergesehen, da wo sie es den Hunnen oder den Türken gezeigt haben. Oder war es das Amselfeld – aber das ist ja wurscht! Der Kahlenberg hat mir auch gefallen, überhaupt die Buchenwälder rund um Wien. Die haben so etwas Freundliches. Neben mir hat einer zu seiner Frau

oder was sie war gesagt »dulli« – pfundig hat er gemeint. Dieses »dulli« gefallt mir nicht – obwohl mir das »pfundig« auch nicht gefallt. Es ist komisch, was für blöde Ausdrücke erfunden werden. Und dann sagen die Österreicher anstatt wie wir: »Das ist mir wurscht!« – »Das ist mir eh wurscht!« Mir ist es ja wurscht, aber dieses »eh« gefallt mir nicht. Das hat so was Letschertes!
Übernachtet hab ich in einem Bräuhaus in der Mariahilfergasse. Zugegangen ist es da, ganz gräuslich. Auch in der Nacht haben die Leute keine Ruh gegeben. Den einen Knecht, dem wo ich in der Frühe die Schuhe zum Putzen geholfen habe, den hab ich gefragt deswegen, und er hat gesagt, daß die Leute immer bremsiger werden. Und da ich dieses nicht verstanden habe, habe ich ihn gefragt, was das heißt »bremsiger«, und da ist er grob geworden und hat gesagt, ich solle ihm seine Ruhe lassen! »Von mir aus«, habe ich mir gedacht. Aber es hat mich doch ein wenig geärgert. Irgendwas hat das nämlich mit diesen Frauenzimmern zu tun, das habe ich gespannt, schon an dem Knecht seinem Gesicht. Aber was? Mir ist es ja wurscht! Was sie nur allerweil haben mit diesen Geißen!
Naja, lange habe ich es in Wien nicht ausgehalten. Und da bin ich also dann wieder auf mein Radl hinauf und davon. Über den Semmering, Bruck, ins Salzkammergut hinein. Da hat es mir übrigens noch einmal sehr gut gefallen. Überhaupt im Gebirge! Am Mondsee und Schafberg umeinander und schon vorher, wo der Dachstein heruntergeschaut hat, die Südwand, wo schon so viele derfroren sind darinnen. Aber allmählich hat mir das Schönste nicht mehr gefallen. Wenn man eben heim will, hat man keine Ruhe mehr.
Mein Vater war recht viel froh, als ich wieder da war.

Bald hätte er mir ein Bussl gegeben. Immer hat er an seinem Schnurbart gedrahdelt. Morgen muß ich wieder in die Schule. Und dann geht das Gefrett wieder an mit dem Latein. Nolens volens!

*Inhalt*